CE QU'EN PENSENT LES BOOKSTAGRAMMEUSES :

« Un roman à suspense qui se lit très vite tant on a envie de connaître le dénouement. Un voyage dans le temps, les souvenirs et témoignages des protagonistes : une construction très originale avec pour supplément d'âme une touche d'humour ! Je vous le conseille vivement. » @leslecturesdelaeti

« L'histoire est superbement bien écrite, les pages défilent, c'est hyper fluide. J'y ai trouvé tous les aspects que j'aime dans un livre : du suspense, des personnages attachants, une histoire familiale sur plusieurs générations et une alternance passé / présent. Bref, carton plein pour moi ! » @alys_lecture

« La plume est fluide et très addictive. Je trouve les personnages superbement bien travaillés. L'alternance d'époque permet au lecteur de mieux imbriquer chaque élément, afin de constituer l'élément final. Entre amour, secret, adultère... » @lectures_decha

«J'ai beaucoup aimé ce livre qui m'a rappelé le premier livre que j'ai lu de l'autrice, notamment grâce à cette plume qui reste si addictive! Ce livre se dévore en un rien de temps, il défile sous nos yeux à une vitesse folle tant on a le besoin de connaître le fin mot de l'histoire. » @le_coin_demma

Meurtre à Dancé

Nathalie Michau

Meurtre à Dancé

La première Enquête d'Emma Latour

Roman à suspense

© Nathalie Michau 2022
Édition: BoD – Books on Demand,
info@bod.fr
Impression: BoD – Books on Demand, In de
Tarpen 42, Norderstedt (Allemagne)
Impression à la demande
ISBN : 978-2-3223-9430-2
Dépôt légal: mai 2022

Sur l'auteure

Meurtre à Dancé (2015) est le quatrième roman à suspense de Nathalie Michau après *Secrets de Famille* (2004), *Répétition* (2006), *Apparences Trompeuses* (2013).

Meurtre à Dancé introduit Emma Latour qui devient ensuite l'héroïne d'une série dont *Une Rue si Tranquille* (2021) est le premier tome.

Nathalie Michau a également écrit des nouvelles historiques, aux Editions de Borée, avec *Les Grandes Affaires Criminelles des Yvelines* (2007) et, en collaboration avec Sylvain Larue, *Les Grandes Affaires Criminelles de l'Essonne* (2011).

Enfin, elle a publié des albums pour enfants (3-6 ans) avec *Petite Lapinette est à l'heure à l'école* (2013) et *Petite Lapinette part en vacances* (2014). Ces albums sont illustrés par Isabelle Vallet.

À tous ceux – amis, famille et lecteurs – qui m'accompagnent dans mon aventure littéraire.

*À ma mère qui a beaucoup participé à la genèse de ce livre.
À ma sœur qui l'a beaucoup relu.*

*À mes deux amours :
ma fille Julie et mon cher et tendre Gérald.*

Nota : Ce livre est une œuvre de fiction. Certes, certains lieux existent, mais l'auteure s'est permis de grandes libertés dans les noms et les descriptions. Aucun événement n'est inspiré de faits réels. Toutes les erreurs ou approximations sont de mon fait.

Cette édition est la seconde du livre. J'en ai profité pour corriger des coquilles et procéder à de petites améliorations. L'intrigue n'a pas été changée par rapport à la version d'origine éditée en grand format.

Principaux personnages

Édith Delafond : romancière
Aline Deville : assistante d'Édith
Michel Lemand : éditeur d'Édith
Emma Latour : documentaliste d'Édith
Jean Verrier : juge d'instruction et ami d'Édith

Jacques de La Flandrière : avocat
Gaston de La Flandrière : père de Jacques
Marie de La Flandrière : mère de Jacques et femme de Gaston
Jeanne de La Flandrière, épouse Dutour : sœur de Jacques
René Dutour : chef d'entreprise et mari de Jeanne

Steven Portman : gentleman-farmer
Adeline Mercier, épouse Portman : femme de Steven
Philippe Portman : fils d'Adeline
François d'Esclard : ami de Philippe
Les Laplace : voisins des Portman

Charles Vignon : cultivateur
Marie-Hélène Vignon : femme de Charles
François Geandon : cultivateur et ami de Charles

1

Le journal d'Édith Delafond

2013

Aline Deville était ennuyée. Elle avait réfléchi toute la nuit à ce qu'il convenait de faire. Une question l'obsédait : qu'est-ce que Mme Delafond aurait souhaité ? D'autres interrogations la taraudaient : pourquoi sa patronne et amie ne lui avait-elle pas laissé d'instructions comme elle avait l'habitude de le faire ?

À qui devait-elle confier sa trouvaille : à son avocat ? Son éditeur ? Ou la police ? Elle avait beau regarder l'un des portraits de la célèbre romancière posé sur le secrétaire, cette dernière était bien incapable de lui apporter les réponses qu'elle cherchait. Elle avait, en plus, l'impression qu'Édith la narguait.

Une autre photographie la montrait souriante, avec ses immenses yeux bleu clair qui pétillaient et ses longs cheveux gris retenus en chignon. Grande et mince, elle se tenait très droite même si le cliché avait été pris alors qu'elle avait 85 ans passés. Elle n'avait jamais paru son âge.

À six heures du matin, après une insomnie épuisante, la vieille fille de 70 ans, fidèle et dévouée employée de feue Mme Delafond, se décida enfin à agir. Trois heures plus tard, elle téléphona à Emma Latour et lui expliqua la situation.

Emma comprit pourquoi l'assistante d'Édith était si perturbée.

— Je vois très bien de quoi vous parlez, Aline.

Emma devait être la seule personne à part ses parents – paix à leurs âmes – à l'appeler par son prénom. La jeunesse d'Emma lorsqu'elle était arrivée au Moulin lui avait permis cette familiarité exceptionnelle qu'elle avait conservée des années plus tard.

— J'ai tapé et corrigé ce manuscrit.

L'assistante d'Édith Delafond ne put masquer sa surprise. Emma la rassura.

— Je vous rassure, Édith n'a pas agi de la sorte par manque de confiance envers vous.

Elle m'a demandé de l'aider, parce que, comme vous avez pu vous en apercevoir, j'ai été présente au moment des événements relatés dans ces pages et Édith a souhaité que je lui fasse profiter de ma mémoire des événements.

Oui, en effet, Aline se rappelait bien l'installation de sa patronne à Dancé début 1992. Elle ne l'avait rejointe qu'un an plus tard, car son logement sur place n'avait été prêt qu'à la fin de l'année suivante et elle avait dû rester à Paris pour traiter les nombreuses affaires en cours d'Édith.

Elle savait que des choses graves s'étaient passées pendant ce laps de temps. Personne ne l'avait mise dans la confidence et elle n'avait pas posé de questions. Maintenant, il lui semblait important d'obtenir des réponses :

— Est-ce que ce qui est raconté dans ce manuscrit est véritablement arrivé ?

— Édith souhaite laisser au lecteur une libre appréciation du contenu de cet écrit.

Aline sourit en secouant la tête et n'insista pas davantage. À son grand désarroi, elle en conclut que les faits devaient être véridiques, mais que la romancière souhaitait ne pas créer un scandale, ce qui se comprenait. Elle respecterait son vœu.

— Désirait-elle que cette histoire soit publiée ?

— Oui, mais après sa mort, si je donnais mon accord.
— Et, vous êtes d'accord ?
— Oui. Je n'y vois aucune objection tant que mon nom n'apparaît pas. On ne doit pas savoir que j'ai participé d'une manière ou d'une autre à l'écriture de ce livre.
— Je comprends. Le manuscrit a été écrit de façon à ce que nous pensions qu'Édith l'a écrit seule. La question de votre rôle dans sa création ne se posera donc pas. Votre souhait sera respecté. Sachez qu'Édith a laissé des consignes vous concernant…

Quelques heures plus tard, Aline Deville observait, méfiante, le petit homme chauve un peu bedonnant, d'une cinquantaine d'années, à l'allure un peu négligée, avachi dans un fauteuil en cuir élimé, qui grignotait du bout des doigts un biscuit sec. Elle n'aimait vraiment pas cet individu, mais elle n'avait pas le choix. Le seul éditeur qui possédait l'autorisation de publier les écrits d'Édith Delafond – posthumes ou pas – se tenait en face d'elle. Elle respira profondément et se lança :
— Voyez, Monsieur Lemand, ce que j'ai trouvé en rangeant les papiers de Madame Delafond.
L'assistante de Mme Delafond lui tendit une épaisse liasse de feuillets reliés. À la suite de son appel, il était venu lui rendre visite de toute urgence à Dancé. Il attendait patiemment, en buvant une tasse de thé, qu'elle se décide à lui expliquer pourquoi il avait dû effectuer deux heures de route, le matin même. Beaucoup d'autres choses bien plus excitantes figuraient dans son agenda ce jour-là, comme ce déjeuner qui s'annonçait des plus agréables avec une délicieuse jeune femme d'une vingtaine d'années qui souhaitait qu'il publie l'un de ses romans. Il consulta brièvement le tas de feuillets qu'elle venait de lui donner.
— Est-ce un manuscrit ?
— Oui, cela y ressemble bien, en effet.
Elle choisit de ne pas tout lui révéler :

— Mais je n'arrive pas à savoir si nous nous situons dans l'autobiographie ou la fiction. Et, vu ce que j'ai lu, il va être important de le déterminer rapidement.

— Ne vous inquiétez pas, Mademoiselle Deville.

L'éditeur regarda l'exécutrice testamentaire d'Édith qui se tenait debout devant lui. Son interlocutrice le jaugeait d'un air qu'il jugea bizarre. D'ailleurs, il ne comprenait pas pourquoi Édith l'avait désignée pour prendre soin de sa succession. Certes, elle se retrouvait sans famille proche, car ses parents étaient décédés depuis une vingtaine d'années et elle était fille unique sans descendance. La seule personne en laquelle elle avait suffisamment confiance pour lui donner la responsabilité de gérer son immense fortune et les droits de ses nombreux livres était Mlle Deville. Il ne savait pas s'il fallait s'en attrister ou pas. Comment avait-elle pu s'entendre avec cette femme revêche, armée de lunettes, d'une robe d'une autre époque et d'un chignon sévère ? Il éprouvait la sensation d'être jugé par sa mère et n'aimait pas ça. Néanmoins, des enjeux financiers importants imposaient de ne pas contrarier Aline Deville. Il prit donc un ton très professionnel :

— Je vais lire tout ça attentivement et je vous dirai ensuite comment nous procéderons.

Michel Lemand ne doutait pas un instant que Mlle Deville, qui travaillait depuis quarante ans pour la défunte Mme Delafond, possédait une imagination très fertile. Pour sa part, il pensait très improbable, que son auteure préférée ait écrit quoi que ce soit qui ressemble à des mémoires. Il le lui avait suggéré à plusieurs reprises, il y a une quinzaine d'années. Elle avait toujours refusé. Hors de question qu'elle raconte sa vie dans le détail et s'il ne s'agissait que de confier ce qu'elle jugeait nécessaire de divulguer à ses lecteurs, cela n'en valait vraiment pas la peine. Il était donc tout à sa joie d'avoir découvert un roman à suspense posthume. Il se mit à rêver. De son vivant, les livres d'Édith Delafond partaient d'habitude comme des petits pains, alors un ouvrage publié après sa mort allait se vendre par centaines de milliers d'exemplaires partout dans le monde, sans compter l'édition de poche qui suivrait ensuite. Il ne regrettait finalement pas d'avoir revu à la hâte son planning de la journée. Le directeur des Éditions Lafontaine venait d'assurer l'avenir de la société pour un bon moment. Désormais, tous les déjeuners avec de charmantes jeunes femmes devenaient possibles. Il écoutait d'une oreille distraite Aline Deville lui faire part de ses états d'âme.

— Je trouve bizarre qu'elle ait écrit tout cela sans rien me dire. À la fin de son existence, elle préférait me dicter ses romans. L'écran de l'ordinateur lui fatiguait la vue et son arthrose aux doigts la faisait souffrir. Elle n'a pas procédé de la manière habituelle. Je suis très surprise.

Elle choisit de ne pas évoquer le rôle d'Emma Latour dans l'écriture de ce manuscrit, car elle ne savait pas si elle pouvait se fier à son interlocuteur. Emma souhaitait rester dans l'ombre et elle le comprenait.

— Ne vous inquiétez pas. Les auteurs sont souvent de grands originaux. La vie d'Édith, des plus mouvementées, ne lui a pas donné l'habitude d'être rangée. Il n'y a rien d'étonnant à ce qu'elle ait pris certaines libertés.

Aline Deville choisit de ne pas le contredire jugeant que cela ne servirait à rien. Pourtant, elle connaissait suffisamment la romancière pour pouvoir affirmer que cette dernière aspirait à la tranquillité et à écrire de manière très routinière.

Elle rétorqua poliment :

— Oui, en effet.

L'éditeur de la romancière hésita un instant :

— Rassurez-moi, Mlle Deville, votre patronne n'indique nulle part qu'elle ne souhaite pas que ces papiers soient édités ?

— Non, il n'existe à ma connaissance aucune note de ce type. De toute façon, que cette histoire ait réellement existé ou pas, il faut qu'elle soit publiée. Après, je vous laisse opter pour le genre littéraire sous lequel vous la présenterez.

Michel Lemand la regarda d'un air interrogatif. Elle lui apporta la réponse qu'il cherchait avant qu'il ne pose sa question.

— À vous de choisir l'autobiographie ou le roman avec toutes les conséquences associées !

Il faudra changer tous les noms par précaution, si vous optez pour la première solution ! Une dernière chose, les droits d'auteur de ce livre iront à Emma Latour.

— Ce nom me dit quelque chose…

— Il s'agit de la jeune documentaliste qui a travaillé avec Édith pendant plusieurs années lorsqu'elle est arrivée au Moulin.

L'éditeur haussa les épaules. Une lubie de plus ou de moins de la part d'Édith ne l'étonnait pas. Si elle le souhaitait ainsi, Emma Latour allait gagner le jackpot !

2

L'installation à Dancé

2012

J'ai maintenant 88 ans et il ne me reste plus longtemps à vivre. Je ne bouge plus beaucoup désormais. Je passe mes journées sous mon porche quand la météo le permet. Je lis beaucoup et des amis me rendent régulièrement visite. En revanche, j'ai de plus en plus de mal à écrire. Je dois dicter mes textes à mon assistante et tout prend plus de temps. Je m'affaiblis chaque jour et, avant de ne plus être en état d'écrire seule, j'éprouve le besoin de partager ce qui s'est produit lorsque je suis venue m'installer au Moulin. Ma conscience me pèse depuis des années et je me sentirai soulagée quand cette histoire sera couchée sur le papier.

Ce témoignage ne sera néanmoins rendu public que de manière posthume, car je n'ai pas envie que ces lignes soient lues par quiconque tant que je vivrai. Cette façon de procéder présente un inconvénient. Je ne peux savoir, avec certitude, qui va parcourir mon manuscrit et ce qui arrivera lorsque tout sera dévoilé. Je me résous à faire confiance au bon sens de la personne qui découvrira ma prose et j'espère bien que Mlle Deville, ma fidèle assistante, aura ce rôle.

En 1992, âgée de 68 ans, je décide de me retirer à la campagne pour y passer mes vieux jours. J'ai envie de tranquillité et de sérénité. Je choisis le Perche, qui me semble une région peu touristique, accessible de Paris en un temps raisonnable. Je crois qu'on ne viendra pas trop m'y solliciter. Pour la plupart des Parisiens, s'éloigner de plus d'une demi-heure de route de la capitale paraît souvent une aventure périlleuse difficilement envisageable. Cela me semble un bon compromis, je pourrai aller à Paris quand j'en aurai envie et éviter de recevoir trop de visites.

Dans les faits, vingt et un ans plus tard, je reconnais que je me suis trompée. Ma notoriété m'a poursuivie jusqu'ici, au milieu des moulins, manoirs, champs et vaches, et les personnes prêtes à effectuer une heure et demie de route ont été plus nombreuses qu'escompté.

Écrivaine qualifiée de célèbre, j'ai publié quarante-cinq romans à suspense et suis traduite dans le monde entier. Il y a même des films adaptés à partir de mes livres. J'ai eu la chance de ne jamais me soucier d'argent, car j'ai commencé jeune à très bien vendre mes ouvrages, et je n'ai jamais connu de panne d'inspiration. Cela m'a permis de mener une vie passionnante, pleine de voyages et de nombreux coups de tête. Grâce à cette existence, j'ai rencontré pas mal d'hommes, mais je n'ai pu rester longtemps avec eux tant j'avais besoin de mon indépendance, de pouvoir vivre en fonction de mon rythme et de mes envies de création. Je n'ai pas d'enfant, certains de mes amants avaient la fibre paternelle, mais je n'en ai jamais voulu, pensant qu'ils entraveraient ma liberté. Mon attitude peu conventionnelle a été beaucoup critiquée, mais je ne regrette pas ces choix, même si maintenant je me retrouve à presque 90 ans, seule, sans famille et finalement avec peu d'amis. Je suis néanmoins entourée. Je possède par rapport à d'autres personnes âgées un atout de taille : je suis riche, très riche, avec, en fait, peu de besoins. Du moment que je peux lire, installée dans une demeure confortable avec du personnel qui s'occupe de moi, je me sens bien. À ma disposition, une infirmière, une assistante, une gouvernante qui tient la maison et prépare mes repas, une femme de ménage et un jardinier. Mon éditeur, mon comptable et mon avocat veillent également à mes intérêts. Tout ce petit monde me permet de ne pas me soucier de quoi que ce soit. M'entourent également quelques amis fidèles comme Emma Latour dont je reparlerai plus tard.

Quand je vous raconte que je suis partie prendre ma retraite dans le Perche, je n'ai pas, pour autant, arrêté d'écrire. Écrire est une drogue, une nécessité impérieuse et j'écrirai jusqu'à mon dernier souffle. J'ai donc produit un certain nombre de suspenses, une fois installée au Moulin, mais je ne me suis pas pressée pour les concevoir. J'ai créé sans culpabilité, dans le plaisir. J'ai cessé d'enchaîner les signatures, conférences, lectures et interviews. Au moment de la sortie de mes livres, j'effectue quelques rares apparitions à la librairie *Plaisir de Lire* de Nogent-le-Rotrou présentant l'énorme avantage d'être située à moins de dix kilomètres de chez moi. Vu le succès de mes romans, ces quelques dédicaces engendrent, chaque fois, un remue-ménage incroyable, car mes admirateurs savent qu'il s'agit là de l'une des uniques occasions de me rencontrer. Si j'ai toujours eu envie de créer, en revanche, les campagnes éreintantes de promotions, que je m'infligeais tant que je vivais dans la région parisienne, me fatiguaient. Je ne les ai jamais aimées. Je profite désormais du fait que, maintenant, mon nom, seul, sur la couverture d'un livre fait vendre et que la publicité, si elle fait plaisir à mes lecteurs, ne paraît plus indispensable. Ces derniers peuvent me retrouver sur le site Internet que mon éditeur a conçu pour moi, télécharger mes rares interviews organisées à mon domicile.

Mais je m'égare. Pour en revenir au sujet qui nous intéresse, c'est donc épuisée par la vie parisienne et mes voyages que je décide de m'installer à la campagne. J'ai envie de vieilles pierres. Par l'intermédiaire d'un ami qui adore restaurer les anciennes demeures, j'identifie un moulin avec des dépendances, délabré, dans la commune de Dancé. L'endroit est magnifique. La maison est entourée de verdure et mes voisines proches sont les vaches de la pâture d'en face. Une rivière, La Chêvre, et un ru, La Rivière Morte, bordent un bout de terre, que poétiquement je baptise *L'Île*. Il est rattaché à la propriété par un petit pont. Des peupliers longent une prairie et un puits orne le fond du jardin. Je trouve tout cela très champêtre et j'achète le tout avec un certain nombre de terrains alentour. Je prends ensuite un entrepreneur de ma connaissance et en un an, aidé par une armée d'artisans locaux, il remet les lieux en état. Le sol est asséché, le jardin aménagé, un préau créé ainsi qu'une terrasse, un potager et une piscine. Pendant les travaux, je consacre mes loisirs à me promener dans les brocantes afin de découvrir des meubles anciens et des bibelots d'époque.

J'emménage aux beaux jours. Tout est paisible avec quelques vaches qui paissent dans l'herbe verte. Je passe un été merveilleux avec un temps propice aux barbecues. Mes connaissances parisiennes viennent profiter de la piscine. De très chers amis, les Latour, me rejoignent pour passer quelques jours, fin septembre. Le couple ne vit pas très loin de Versailles, à Saint-Nom-la-Bretêche. Le mari a réussi dans les affaires, sa femme ne travaille pas et s'investit dans le bénévolat. Ils sont venus accompagnés d'Emma, leur troisième fille, âgée de 23 ans. La jeune femme vient de finir ses études d'archéologie et ne trouve pas d'emploi dans sa branche : la conservation préventive du patrimoine. En 1992, il y a beaucoup de chômage et trouver un travail reste très compliqué. Emma est soutenue financièrement par ses parents et vit dans leur grande maison. Elle n'est donc pas aux abois, mais souhaite trouver un petit travail en attendant qu'un poste se libère. Lors de cette visite, elle m'avoue qu'elle serait prête à tout pour s'occuper. Je lui propose alors de me donner un coup de main pour faire des investigations pour mon prochain roman. Je cherche une documentaliste et même si elle n'a pas le profil idéal, elle a fait des recherches dans le cadre de ses études universitaires et elle semble intelligente, elle devrait s'en sortir. Même si je ne l'ai pas vue depuis des années, je sens que nous pouvons nous entendre. Lorsqu'elle me répond qu'elle accepte de s'installer au Moulin, je suis très satisfaite.

Elle emménage dans un premier temps dans une grande chambre indépendante située dans une des ailes de la maison. Elle déménagera à la fin de l'année dans une dépendance où elle sera complètement autonome, même si dans les faits, elle me rejoindra souvent à l'heure des repas.

Cela fait à peine une dizaine de jours qu'Emma est là quand tout bascule soudainement. Dès début octobre, les températures chutent, les nuages gris s'amoncellent et une pluie fine et persistante n'arrête pas de tomber.

Le moral en berne, je me demande si j'ai bien fait de m'exiler aussi loin de Paris. J'envisage un déménagement dans la vallée de Chevreuse, champêtre également, mais beaucoup plus près de Paris. Tout me semble triste : la campagne verdoyante devient lugubre avec les arbres qui perdent leurs feuilles à chaque bourrasque. Impossible de se promener, les chemins boueux glissent, les vaches sont trempées, les villages si typiques avec maisons jaunes aux toits pentus manquent d'animation. Je m'enfonce dans la déprime saisonnière. Évidemment, je ne reçois guère de visites avec cette météo peu engageante, ce qui n'améliore pas mon état d'esprit.

Heureusement qu'Emma est là pour me tenir compagnie. Je n'imagine pas alors un instant ce qui va se passer…

3

Gaston part à la chasse

1965

Agacé, Jacques de La Flandrière haussa les épaules. Avec le temps, il aurait dû être blasé, mais rien à faire, son père l'exaspérait. Gaston de La Flandrière adhérait à des principes d'une autre époque qui empêchaient toute sa famille de mener la vie confortable à laquelle elle aspirait. Il lui semblait indispensable de conserver le manoir de l'Angervillière. Magnifique de loin, avec ses tours de tailles différentes et ses nombreux bâtiments, mais indéniablement en mauvais état dès qu'on s'en approchait. Pire encore, si on entrait, l'endroit perdait toute sa superbe. Tout avait besoin d'être refait : les peintures, l'électricité, la plomberie, la toiture... Ils ne possédaient pas l'eau chaude et vidangeaient toujours les cuvettes de leurs toilettes avec des brocs...

Certes, à la campagne, le luxe urbain n'était pas une nécessité. Cependant, vivre ainsi alors qu'on aurait pu vendre la propriété à bon prix et acheter une belle maison, facile à entretenir, afin de profiter un peu du confort, apparaissait tout bonnement inacceptable aux yeux de Gaston. Ce manoir, situé à quelques kilomètres de Condeau, appartenait à sa famille depuis sept générations, autant dire depuis la nuit des temps. L'attachement de son père à cette bâtisse semblait viscéral et irrationnel. Depuis le berceau, il avait été conditionné à tout mettre en œuvre pour la conserver envers et contre tous.

Jacques songea à sa mère, Marie. Elle ne donnait jamais son avis, mais n'en pensait pas moins. Elle avait rencontré Gaston en 1920 après la Grande Guerre. Les prétendants valides se faisaient plutôt rares dans les campagnes à cette époque-là. Elle-même veuve de guerre, depuis que son premier époux était tombé dans les tranchées en 1918, elle s'était retrouvée à 23 ans, sans mari et sans enfant, avec toutes les chances de finir seule. Quand Gaston, pourtant pas beau, d'un profil même ingrat, pas drôle et de douze ans plus vieux qu'elle, s'était mis à la courtiser, elle avait déjà 25 ans, et elle n'hésita pas. Ils ne parlèrent pas d'amour, mais plutôt d'un accord. Il voulait une femme qui accepte de vivre dans un manoir décrépit, elle voulait un homme qui lui donne un enfant et un statut de femme mariée sans lequel, à cette époque-là, on n'existait pas. Pour Gaston, ce ne fut pas déplaisant de prendre Marie pour épouse. Très belle, pulpeuse, avec de longs cheveux châtains, elle possédait un joli visage doux et des yeux gris, une couleur peu commune.

Marie avait tenté à plusieurs reprises de faire changer d'avis Gaston au sujet de la demeure familiale, trop coûteuse à entretenir, qui pompait toutes leurs économies. Mais le Vieux aurait trouvé déshonorant de lâcher son boulet. Marie rongeait son frein. Désespérée, elle regardait son mari, qui les privait de tout, s'échiner à retaper par petits bouts leur maison avec de l'argent dont elle ne comprenait pas bien l'origine. Il payait toujours en liquide les artisans qui venaient effectuer des travaux avec des billets qu'il n'avait pas obtenus de manière légale, elle en était sûre.

Fils unique pendant dix ans, Jacques était très complice avec elle. Sa fille, Jeanne, était arrivée un peu par surprise alors qu'elle fêtait ses 40 ans. Ils partageaient tous les trois la frustration de vivre dans des conditions très précaires avec un avare. Uniquement disponibles pour la restauration du manoir et les besoins personnels de Gaston, les liasses ne sortaient, en effet, jamais pour eux.

La fille, le fils et leur mère ne pensaient qu'à ces coupures. Comment pouvaient-ils en soustraire une partie pour eux ? Le Vieux comptait tous ses sous. Il recalculait les rendus de monnaie pour le pain. Une seule chose les obsédait : mettre un peu d'argent de côté pour ne plus dépendre de lui.

Âgé de 40 ans, avocat-pénaliste, Jacques ne possédait pas beaucoup d'argent. Il aurait pu travailler davantage pour gagner son autonomie. Mais fainéant, il se contentait du minimum et s'inscrivait dans des formations la moitié de son temps. Il dépensait le peu mis de côté avec des amis avec qui il sortait parfois. Il vivait toujours chez ses parents, n'ayant pas trouvé l'âme sœur, et n'envisageant pas la vie de célibataire sans le sou dans un appartement minable de Nogent-le-Rotrou. Jeanne n'avait pas le même rapport à l'argent que lui. Elle lui reprochait de ne pas s'investir davantage dans son travail. Il lui rétorquait qu'elle était mal placée pour dire cela en tant que femme au foyer, sans enfant et mariée à un homme généreux. Pour sa part, il estimait que son père possédait des économies qui lui reviendraient de plein droit. Il ne voyait pas pourquoi il se fatiguerait alors que le Vieux allait bientôt mourir et qu'il cachait un magot. Ce dernier le lui avait affirmé à plusieurs reprises en lui promettant de n'en parler à personne. L'avocat avait bien essayé de le chercher, sans succès, lorsqu'il était seul dans la maison, tout en se demandant ce qu'il en ferait s'il le trouvait. Son père devait connaître le montant précis de sa cagnotte. S'il se rendait compte que quelqu'un se servait, il était capable de martyriser toute sa famille pour découvrir qui avait osé s'attaquer à son magot, puis de tuer le coupable dans d'atroces souffrances. Il avait donc cessé ses investigations, attendant de pouvoir partir à la chasse au trésor ouvertement dès que le Vieux serait mort.

Sa mère, de son côté, ne voulait pas quitter son mari, qu'elle n'aimait pourtant plus depuis bien longtemps. Ce dernier avait rompu le charme quand il s'était mis à lever la main sur elle les soirs de beuveries où, excédé par ses reproches, il la forçait au silence. Elle ne restait avec lui que pour pouvoir toucher l'héritage. Tout comme son fils, elle savait que le Vieux possédait un magot, mais qu'il le cachait, en avare. Marie et ses enfants avaient déjà prévu que dès que Gaston passerait l'arme à gauche, ils se débarrasseraient du manoir au plus vite. On pouvait raisonnablement penser que les jours de Gaston étaient comptés. Il fumait comme un pompier, buvait à outrance, mangeait de la nourriture grasse en grande quantité et atteignait maintenant 82 ans. Mais, au grand désespoir de ses proches, il semblait défier toutes les lois statistiques, paraissait en pleine forme, et parti pour devenir centenaire.

Marie, d'origine modeste, provenait d'une famille de guérisseurs et de sorcières. Dans sa jeunesse, elle avait été initiée à quelques secrets. Elle avait bien essayé de les mettre en pratique et de jeter plusieurs fois des sorts à son mari afin qu'il tombe gravement malade et meure dans d'atroces souffrances, mais il semblait immunisé contre tous les maléfices.

Le temps passait et Jacques n'en pouvait plus d'attendre le décès hypothétique de son père. À 40 ans, il s'était décidé à lui demander de lui prêter un peu d'argent afin de s'acheter un deux-pièces pas trop loin de son cabinet d'avocat. Il ne voulait plus rester dans l'ambiance lugubre du manoir, au milieu des confrontations de ses parents. Grand, presque maigre, avec les beaux yeux gris de sa mère, il n'avait pas un physique de mannequin, mais un certain charme et il plaisait. Conscient qu'il lui serait impossible de mener une vie normale avec des petites amies, des amis tant qu'il ne s'installerait pas dans son propre logement, il fallait qu'il vive ailleurs. Ses conquêtes étaient vite rebutées lorsqu'elles se rendaient compte qu'elles ne pouvaient le voir qu'à l'hôtel ou chez elles.

La discussion avec Gaston s'était déroulée, comme prévu, de façon houleuse :

— Papa, à 40 ans, il est temps que je parte. Je souhaite me prendre un appartement à côté de mon cabinet afin de pouvoir m'installer et un jour, fonder une famille.

— T'es pas obligé d'acheter.

— Tu sais bien qu'avec mes petits revenus, trouver une location est compliqué.

— Comme tu dis, t'es adulte. T'estimes ça normal de vivre encore chez tes parents à ton âge ? Si ton sale boulot ne te permet pas de t'assumer, t'as qu'à en changer. Ne pas gagner de l'argent avec un diplôme d'avocat, cela me plonge dans une grande perplexité. T'es vraiment minable, mon garçon. Tous ceux que je connais sont riches.

Il se mit à regarder de biais sa femme qui tricotait dans un coin de la pièce sans prononcer un mot.

— C'est pas possible que tu sois de moi. Ta mère a dû fauter avec un bon à rien.

Marie choisit de ne rien dire. Son mari était manifestement ivre et cela la surprenait toujours que son fils ne s'en aperçoive pas. Lui parler quand il avait bu restait une entreprise périlleuse, vouée à l'échec. Elle se laisserait insulter sans réagir. Si elle tentait de se défendre ou de protéger Jacques à l'origine de la colère du Vieux, elle allait se prendre une rouste et elle ne le souhaitait pas. Le Vieux en question continua sa tirade :

— De toute façon, je suis entouré de personnes ingrates et incapables. Entre toi, qui ne m'aides pas et squattes en parasite ma maison, et ta mère qui ne rêve que d'une chose : me mettre dans ma tombe... Mais le sale con a encore de la marge... Je vous enterrerai tous... Espèce de cloporte, de dégénéré, de fainéant...

Gaston ne s'arrêtait plus, il était parti dans son délire. Jacques comprit, trop tard, son erreur. Il n'avait pas envisagé que Gaston serait pris de boisson à dix heures et demie du matin alors que lui-même venait de terminer son café. Il reconnaissait sa faute. Il fit un signe à sa mère pour qu'ils évacuent la pièce tous les deux avant que le châtelain ne s'énerve violemment. Ils n'eurent pas le temps de mettre leur stratégie à exécution. Gaston regarda sa montre, sursauta, marmonna quelque chose d'incompréhensible et les planta là, partant en claquant la porte derrière lui.

Jacques et Marie se contemplèrent en silence. Il ne quittait jamais les lieux d'ordinaire. La logique aurait voulu qu'il essaie de s'en prendre physiquement à sa femme et qu'il casse un certain nombre d'objets dans la pièce avant d'aller cuver son vin quelque part dans la propriété.

Un peu inquiets, s'attendant au pire, ils entendirent la porte d'entrée claquer à son tour. Ils regardèrent discrètement dehors à travers le voilage. Le Vieux se dirigeait vers son break, un fusil à la main. Il avait mis ses bottes, une veste et une casquette. Jacques n'en revenait pas. Son père, enfin celui qui tenait le rôle de père – lui aussi était persuadé que sa mère avait pris un amant ; impossible d'être le rejeton d'un être si abject–, partait à la chasse au sanglier !

Ils consultèrent *l'Écho Républicain de la Beauce et du Perche*, le journal local, qui se trouvait sur la table à la place de Gaston. Les gros titres ne laissaient aucun doute, la chasse commençait aujourd'hui.

4

Gaston disparaît

2012

Je découvre un peu par hasard l'histoire du père de La Flandrière. Je viens de m'installer au Moulin et je cherche des idées pour mon prochain roman. J'ai envie d'écrire une histoire qui se déroulera dans ma nouvelle région d'adoption. Une manière de rendre hommage à ceux qui m'ont accueillie avec beaucoup de gentillesse. Afin de rencontrer du monde, chose indispensable pour glaner des idées, je m'inscris à deux associations : le bridge et la randonnée. Cela me permet de créer des liens, et une fois la phase d'observation, un peu admirative, dépassée envers l'écrivaine et la célébrité que je suis, je me retrouve invitée chez les uns et les autres. Je pose alors des questions sur les faits divers marquants dans les environs pour voir si je peux en tirer quelque chose. Plusieurs personnes me parlent de Gaston de La Flandrière. Sur le moment, je n'accorde qu'une importance toute relative à cette histoire. On m'en parle, non parce qu'il s'agit d'un crime, l'affaire a été classée sans suite après une brève enquête, mais parce que la mort du monsieur a fait du bruit.

Emma se plonge, à ma demande, dans les archives régionales et les anciens journaux pour en savoir plus. Elle trouve facilement des informations. L'accident de chasse de Gaston de La Flandrière, connu pour sa méchanceté envers sa femme, son avarice et son ivrognerie n'a, à l'époque, fait pleurer personne et a fait la une de la presse locale. On n'a pas vraiment cherché à savoir ce qui s'était réellement passé.

L'enquête rendue nécessaire à cause du décès par arme à feu fut bâclée. L'autopsie démontra que la victime était ivre avant de mourir. Dans les chaumières, on fut soulagé pour la famille de La Flandrière. Cette mort tombait à pic. Elle permit à Marie, appréciée dans la région, et ses enfants de vendre le manoir à des investisseurs japonais. Jacques et sa mère achetèrent deux appartements dans le même immeuble à Nogent-le-Rotrou. L'avocat put enfin prendre son autonomie. Ce fut une renaissance... de courte durée... puisque lui-même disparut cinq ans plus tard mystérieusement... Mais auparavant, il avait rencontré Adeline...

5

L'installation des Portman

1968

Juste après leur mariage, Adeline Portman, 22 ans, et Steven, 25 ans, dilapidèrent un petit héritage provenant du père écossais d'Adeline pour acheter un ancien moulin en ruine – chose courante dans le Perche – afin de le remettre en état. Ils dépensèrent leurs dernières économies dans quelques terres cultivables et des arbres fruitiers autour de la bâtisse. Ils aspiraient à la vie à la campagne.

Lui, d'origine anglaise, très distingué, se voyait bien en tant que gentleman-farmer, en costume de tweed sur son tracteur.

De son côté, en bonne hippie avec ses longs cheveux tressés et du khôl sur les yeux, elle s'imaginait entourée de moutons et de chèvres, en train de fabriquer des poteries. Elle revendrait ensuite au marché ses œuvres, sa laine, ses légumes et ses fromages.

Tout ne se passa pas exactement comme ils l'avaient escompté. Ils avaient largement sous-estimé le temps et les difficultés qu'ils rencontreraient pour restaurer les lieux situés sur un terrain marécageux. Il fallait presque tout refaire et le couple ne possédait pas un sou pour engager des entrepreneurs locaux. Leur état d'esprit ne s'améliora pas lorsqu'ils se rendirent compte qu'ils n'arrivaient pas à avoir d'enfant.

Steven Portman se voyait dans sa ferme entouré d'une ribambelle de petits Portman jouant dans la cour avec les poules, les veaux... La seule fois où Adeline tomba enceinte, elle fit une fausse-couche au bout du deuxième mois. Elle traversa le plancher du premier étage mal consolidé pour atterrir dans ce qui devait devenir la cuisine au rez-de-chaussée. Sa chute fut amortie par le sol, toujours en terre, et elle s'en sortit plutôt bien avec une cheville et un poignet de cassés, mais perdit le bébé.

À la suite de sa fausse-couche, elle pensait être devenue stérile. À l'hôpital, les docteurs avaient constaté qu'elle avait été victime d'une très grosse hémorragie interne. Quand on s'aperçut que sa grossesse était extra-utérine, les médecins lui expliquèrent que sa chute était finalement une chance, car sinon ils ne se seraient rendu compte de rien, et elle aurait pu mourir. Elle essaya de se consoler en se disant que son fœtus n'aurait pas pu vivre et que son accident n'avait fait qu'accélérer un processus inéluctable. D'après les docteurs, la probabilité d'avoir une autre grossesse semblait infime.

Cette nouvelle fut vécue comme un drame par Steven. Excédé, il considéra sa femme comme une bonne à rien puisqu'elle ne pouvait plus enfanter. Le fermier se demanda même s'il ne ferait pas mieux de divorcer pour se remarier avec une campagnarde débrouillarde qui l'aiderait à remettre en état sa masure et lui ferait beaucoup d'enfants. Il n'envisagea pas un instant que les problèmes de fertilité que rencontrait le couple pouvaient provenir de lui. Le voyant si sûr de lui, et ignorante en matière de conception, Adeline ne chercha pas à le contredire.

Les villageois de Dancé restaient sceptiques depuis qu'ils avaient vu les jeunes mariés insouciants s'installer pour restaurer le taudis qu'était devenu le Moulin. Depuis des années, la bâtisse et ses dépendances étaient laissées à l'abandon à cause du règlement d'un héritage qui traînait en longueur. Une fois le problème résolu, personne ne se précipita pour reprendre la propriété. La seule chose qui intéressait les gens du cru était les terres. Ils réalisèrent que le couple, s'il était démuni à présent, avait racheté beaucoup de terrains à prix d'or à des fermiers du coin. Cela réveilla des haines ancestrales entre les familles implantées depuis des générations qui gardaient des terres, non par nécessité, mais pour ne pas les céder à ceux qui pourraient les exploiter parce que des discordes existaient depuis des décennies. Il ne fallait pas vendre des lopins de terre à telle ou telle personne, même si on ne savait plus pourquoi. Impossible d'appartenir à la même coopérative ou de traiter avec eux. Du coup, les terrains restaient chez les uns et les autres. Mais l'équilibre précaire créé par ce *chacun chez soi* fut brutalement remis en cause lorsqu'on apprit que les Portman avaient acheté des champs. L'appât du gain avait été plus fort que les mésententes des fois si lointaines que nul ne pouvait en expliquer l'origine.

La nouvelle de ces ventes se répandit comme une traînée de poudre et les esprits s'échauffèrent. Certains terrains se situaient à côté de propriétés qu'on souhaitait agrandir, d'autres auraient permis des accès aux parcelles plus faciles de la route. Les appétits des uns et des autres s'aiguisèrent soudainement. Ce qui était impossible, pour des problèmes d'alliances familiales, devenait envisageable. Les situations dont les gens s'arrangeaient fort bien depuis longtemps paraissaient désormais insupportables.

Les Portman reçurent des propositions de rachat. Ils avaient beau ne pas s'en sortir et avoir terriblement besoin d'argent, ils n'imaginèrent pas un seul instant de céder leurs champs, pour le moment, en jachère. Ils se savaient condamnés s'ils n'arrivaient pas rapidement à les mettre en culture ou à les utiliser en pâture. Il ne leur manquait que les capitaux nécessaires à l'achat de bêtes, de matériels, de graines… Steven avait pris son courage à deux mains et fait le tour de sa famille plutôt fortunée en Angleterre afin de glaner des fonds. Il avait bon espoir d'en obtenir dans quelques mois. Les villageois les considéraient comme des enfants de la ville incapables de s'adapter à la vie à la campagne. Leur entêtement, jugé irrationnel, les rendit antipathiques, même si on ne leur montra pas d'animosité particulière.

Il n'en restait pas moins qu'ils se mirent à gêner les gens qui avaient des visées sur leurs terrains…

6

La rencontre d'Adeline et de Jacques

1968

Jacques de La Flandrière avait rencontré, pour la première fois, Adeline Portman à son cabinet. Elle était venue avec son mari, Steven, le consulter pour une affaire d'escroquerie. Dès qu'elle pénétra dans son petit bureau sombre au mobilier démodé, Adeline lui plut. Blonde avec des formes généreuses, jeune, bonne vivante, elle correspondait à sa femme idéale. Au départ, il ne se fit aucune illusion. Steven était à peine plus vieux qu'elle et possédait un physique d'Apollon. Lui, avec sa calvitie naissante, ses lunettes et son ventre – les seuls sports qu'il pratiquait étaient la pétanque et la chasse–, ne pouvait pas faire le poids. Cependant, il se ravisa vite. Sa cause n'était peut-être pas si désespérée que cela. Les amoureux ne paraissaient finalement pas si unis. Leurs avis divergeaient souvent. Le ton entre eux était un peu froid et surtout, ils ne se regardaient pas franchement dans les yeux. Des tensions existaient au sein du couple et le mal-être d'Adeline transparaissait.

Il l'avait vue à nouveau au marché de la place Saint-Pol à Nogent-le-Rotrou. Il se dit que le destin lui envoyait un signe et il fréquenta alors assidûment l'endroit, chaque samedi matin, dans l'espoir de la rencontrer une nouvelle fois.

Elle venait toujours toute seule. Elle tenait son étal en vraie professionnelle, haranguant le client, disposant avec soin ses produits. Il la trouvait belle. Sa tenue ne la mettait pas particulièrement en valeur, le lieu ne s'y prêtait pas, mais ses cheveux bien peignés, son visage maquillé et sa voix un peu rauque le faisaient frémir. Il réalisa qu'il était en train de tomber amoureux.

De son côté, elle avait remarqué l'avocat. Il ne l'intéressait pas plus que cela. Mais savoir qu'elle était l'objet de son désir la flattait. Elle répondit petit à petit à ses discrètes avances, alla boire un verre avec lui après le marché, plus par jeu que par conviction. Cela lui plaisait qu'on la trouve belle et spirituelle. Par comparaison, elle se rendait compte que sa situation avec Steven s'était énormément dégradée et que son mari la considérait mal. Jacques devint son confident, le seul à qui elle pouvait tout dire.

Ils se mirent à se voir en secret et, le temps passant, leur amitié évolua de manière équivoque, avant qu'ils ne finissent amants.

Adeline n'était pas tombée amoureuse, contrairement à Jacques, mais cette relation la divertissait et la changeait de son quotidien pas toujours facile à la ferme.

7

Les Portman ont des ennuis

1969

Steven avait réussi avec bien des difficultés à obtenir quelques subsides de sa famille et avait investi dans une dizaine de vaches à lait qu'il laissait brouter dans la pâture qui longeait leur maison. Ils avaient acheté cinq chevaux du Perche. Un coq, quatre poules, cinq ou six chèvres et huit moutons complétaient le cheptel. Le fermier avait également planté du blé et du maïs. Il vivotait avec sa femme en vendant au marché le lait, les œufs, du fromage et de la laine. Adeline, quant à elle, s'occupait du potager pour leur consommation personnelle et écoulait les surplus à Nogent avec ses récoltes de prunes, mirabelles ou pommes.

Ils trouvaient petit à petit un équilibre. Ils ne perdaient plus d'argent, mais n'arrivaient pas non plus à économiser. Les nouveaux venus commençaient à croire qu'ils allaient pouvoir s'en sortir. Leur rêve devenait réalité.

Leur optimisme en prit un coup, un matin de mai. À l'aube, comme chaque jour, Steven fit sa tournée des bêtes pour les nourrir et traire ses vaches. Ce qu'il découvrit alors l'affola. Presque toutes ses chèvres et ses moutons étaient allongés sur le sol, morts ou en train de convulser. Instantanément, il comprit qu'il était confronté à un problème d'empoisonnement, un grave problème. Il utilisait de l'AVK comme mort-aux-rats. Avait-il commis une erreur et contaminé ses animaux ? L'AVK est un anticoagulant qui tue les rats en quelques jours.

Il pensa à l'eau, les bêtes touchées possédaient un abreuvoir commun. Il eut peur que celles encore saines ne s'empoisonnent aussi et jeta l'eau dans le puits dont il ne se servait plus, car il était à sec depuis quelques semaines. Il se priva ainsi d'une belle preuve. Il n'imagina pas un instant un geste mal intentionné, persuadé que l'erreur venait de lui. La veille au soir, il s'en était occupé alors qu'il faisait nuit, il était plus de deux heures du matin, il était fatigué, il avait dû se tromper. Quelle catastrophe !

De son côté, les larmes aux yeux, Adeline accusa le coup. Cela faisait beaucoup de problèmes en même temps. La veille, Steven avait été victime d'un accident avec le tracteur et ils avaient passé la fin de la journée et une partie de la soirée à l'hôpital. Il devait maintenant travailler dans la ferme avec le pied dans une attelle, ce qui lui compliquait la vie. Mais des choses inexpliquées leur étaient aussi arrivées. D'abord, le ru à sec mystérieusement depuis quinze jours, puis leurs bêtes empoisonnées.

Quelqu'un leur voulait-il du mal ?

Certes, ils avaient refusé de revendre leurs terres malgré des propositions alléchantes et insistantes de leurs voisins, mais elle ne pouvait pas croire que ces derniers iraient jusqu'à les mener à la faillite. Elle en parla avec son mari qui lui fit comprendre qu'elle devenait paranoïaque et qu'aucun ennemi ne leur voulait du mal.

D'ailleurs, avaient-ils reçu des lettres de menace ou de revendications ? Elle reconnut que non.

Mais les arguments de Steven ne lui enlevèrent pas de la tête l'idée qu'ils ne jouaient pas de malchance. La naïveté et le manque de curiosité de Steven la surprenaient. Elle n'arrêtait pas de le tanner pour qu'il essaie de comprendre pourquoi le ru se retrouvait à sec. Il lui répondait que, oui, il allait s'en occuper, mais comme il pouvait tirer de l'eau du bras qui serpentait de l'autre côté de l'Île pour faire boire les animaux et irriguer ses champs, il estimait que d'autres tâches prioritaires l'attendaient.

Le sujet la préoccupait vraiment, surtout lorsqu'elle reçut le lendemain, par la poste, un message anonyme un peu angoissant :

JE SAIS TOUT. TON AMANT EST UN IGNOBLE MAÎTRE CHANTEUR, S'IL NE CESSE PAS, TU LE PAIERAS CHER.

Elle crut qu'elle allait s'évanouir. Elle s'effondra sur un fauteuil en larmes. Heureusement qu'elle avait été seule au moment où elle avait lu la lettre. Elle se mit à douter. Les choses ne semblaient donc pas aussi simples qu'elle le pensait. Qu'est-ce que Jacques avait bien pu faire pour qu'on s'attaque à elle afin de l'atteindre, lui ? Elle réalisa qu'elle ne savait pas grand-chose sur lui. Elle ignorait comment il occupait ses journées, pourquoi il possédait tant d'argent. Elle s'était toujours dit qu'il avait touché un bel héritage lors de la mort de son père, sans plus se poser de questions.

La lettre faisant clairement allusion à son amant, elle ne la montra bien évidemment pas à son mari. Elle alla voir, en revanche, Jacques.

Ce dernier se figea en découvrant le message, puis se reprit, et hocha la tête d'un air dubitatif. Il lui donna l'impression de prendre la chose à la légère, ce qui lui déplut profondément :

— Je ne pense pas que cela ira plus loin. A priori, quelqu'un souhaite me nuire. Il s'agit peut-être d'un client mécontent qui aurait été condamné alors que j'assurais sa défense. Il a dû savoir, par une indiscrétion, que nous étions devenus amants et il veut s'en servir contre moi. Alors il raconte n'importe quoi. Il y a des malades partout.

Il lui lança son plus beau regard et lui dit doucement :
— Tu penses bien que je ne suis pas un maître chanteur, voyons !

Elle lui répondit ce qu'il attendait, mais sans en être vraiment persuadée.

— Je te crois, Jacques. Mais ne prends pas ça à la légère. Si pour toi, ce n'est peut-être pas important, cela l'est pour moi. Je te rappelle que je suis mariée.

— Oui, ne t'inquiète pas. Je vais régler cela. De plus, nous devons nous conduire plus prudemment à l'avenir, nous nous rencontrerons dans un autre endroit, un peu plus loin, à Brou par exemple.

Il la regarda de nouveau :

— As-tu parlé de notre relation à quelqu'un ?

— Non ! Bien sûr que non, voyons !

La réaction de l'avocat la laissa perplexe. Quelque chose ne tournait pas rond. Il avait insisté pour garder la lettre. Pourquoi ? Si ce n'était pas grave, il n'y aurait pas accordé tant d'importance. Ne lui cachait-il pas quelque chose ? Elle imagina qu'il ne souhaitait pas l'alarmer en lui faisant part de ses craintes.

Quand elle constata l'inaction de son mari et de son amant, la jeune femme alla enquêter elle-même pour comprendre pourquoi il n'y avait plus d'eau dans le ru. Elle profita d'un bel après-midi pour partir en promenade et remonter à sa source. Elle y arriva rapidement. Elle s'aperçut qu'un obstacle, qui n'avait rien de naturel, avait été créé avec des arbustes sciés à la va-vite et entassés en milieu de la rivière. Le ru était de petite taille, le boucher n'avait pas dû être compliqué. Le barrage avait été construit juste au moment où le bras de la Chêvre se scindait en deux. Toute l'eau se déversait dans le passage qui contournait l'Île. Le débit était donc un peu plus important que d'habitude, mais comme c'était l'été, personne n'avait rien remarqué.

Profondément troublée par ce qu'elle venait de constater, elle alla chercher son mari qui travaillait dans les champs et le traîna, sans attendre, sur les lieux. Elle atteignait presque l'hystérie.

— Tu vois que je ne suis pas paranoïaque...

Steven s'approcha calmement du barrage. Il sursauta. Manifestement, Adeline avait raison. Ces arbres n'étaient pas tombés là par hasard. Aucun doute à ce sujet. Il se décomposa, ses lèvres tremblèrent. Il bégaya :

— Je ne comprends pas… Pourquoi ? Qui aurait intérêt à nous vouloir du mal ?

Il se tourna vers sa femme :

— Tu penses donc que nos animaux n'ont pas été tués par erreur ?

— En effet. Je ne vois pas quelle erreur t'aurait conduit à mettre de la mort-aux-rats ou ton herbicide dans l'abreuvoir à deux heures du matin. Non ! Je suis persuadée qu'on est venu verser un poison dans l'eau pour éliminer nos bêtes et nous effrayer. Cette personne a fait cela, car elle a pu se rendre compte que nous ne paniquions pas du tout lorsqu'un des bras du ru s'est asséché. Elle est donc passée à la vitesse supérieure.

— Mais qui peut nous détester à ce point ?

— Je ne sais pas. As-tu rencontré des problèmes dont tu ne m'aurais pas parlé ?

— Non, je te promets.

— Peut-être que les gens du coin souhaitent nous effrayer pour que nous partions afin de récupérer nos terres ?

— Je veux bien admettre que cela les arrangerait, mais de là à nous nuire ? C'est un cap à franchir, non ? Et puis pourquoi n'avons-nous pas reçu de demandes ? On ne sait même pas pourquoi quelqu'un nous en veut.

Cette fois-ci, son mari lui demanda de prévenir la gendarmerie. Elle alla les voir immédiatement même si elle ne parla pas des menaces anonymes. Les enquêteurs constatèrent qu'il y avait une volonté de causer du tort. Il n'avait aucun doute, les bêtes avaient bien été empoisonnées à l'AVK. En effet, elles avaient vomi, convulsé et des saignements buccaux étaient des preuves sans équivoque. Cependant, ils l'avertirent de la faible probabilité de retrouver le ou les individus qui avaient fait cela, faute d'indices. Cela ne la surprit pas. Rapidement, l'affaire tomba aux oubliettes, un crime bien plus passionnant, à Nocé, le village voisin, occupant le juge

Verrier, en charge de l'instruction. À son grand soulagement, plus rien d'anormal ne se passa ensuite.

La jeune femme se rassura en se persuadant que la personne mal intentionnée avait eu vent de leur plainte et voyant qu'ils prenaient les choses au sérieux et ne comptaient pas partir, avait arrêté ses actes malveillants.

8

L'enquête du juge Verrier

1969

La canicule était tenace en ce mois de juillet 1969. Adeline n'arrivait pas à trouver le sommeil. La nuit était tombée, mais les températures ne descendaient pas sous les 28 degrés. À presque 23 heures, la jeune femme lisait tranquillement, les fenêtres grandes ouvertes pour essayer de rafraîchir un peu la maison. Cela faisait des jours maintenant qu'il n'avait pas plu. Steven était parti jouer aux cartes chez des amis. Elle était seule et savourait ce moment de quiétude.

Alors qu'elle allait s'endormir, elle fut incommodée par de la fumée, une épaisse fumée noire, puis une odeur forte et âcre. Elle sortit de chez elle en courant, craignant le pire ! Elle découvrit la grange en feu dans les dépendances en face de sa propre habitation. Prise de panique, plus par réflexe que par espoir d'attendre une quelconque réponse, elle hurla :

— Mon Dieu ! Mon Dieu ! À l'aide ! Au secours !

Du fourrage et du foin étaient entreposés à l'étage en grosse quantité pour l'hiver. Il faisait très chaud et sec depuis longtemps, tout brûlait vraiment très vite.

Adeline se précipita chez elle pour appeler les secours, mais son téléphone resta muet. Plus aucune tonalité. Là, elle eut peur, vraiment peur, pour sa propre sécurité. Elle pensa à des choses horribles. Peut-être que celui ou celle, qui leur en voulait, la voyait en ce moment ?

Allait-il aussi s'en prendre à elle ? Impossible de prévenir rapidement les pompiers. Comment faire ? Ils risquaient de tout perdre.

Elle ne s'attarda pas. Impossible d'éteindre l'incendie avec ses seaux. Elle courut jusqu'à la ferme voisine située à deux cents mètres de là, donner l'alerte. Personne ! Peut-être les Laplace étaient-ils sortis en cette belle soirée d'été ?

Elle revint chez elle à toute vitesse, s'apprêtant à repartir en voiture pour aller demander de l'aide au village quand, à son grand soulagement, elle vit un camion de pompiers arriver à toute allure. Leur citerne était pleine, mais cela ne suffit pas. Petit à petit, tous les camions disponibles sur Nogent, Rémalard et Berd'huis vinrent à la rescousse, mais ils ne purent que circonscrire l'incendie, l'empêcher de se propager dans la maison ou dans la dépendance mitoyenne où du matériel agricole était entreposé. La grange fut perdue.

On partit chercher Steven qui, voyant les dégâts, ne réagit pas, en état de choc. Il n'arrêtait pas de secouer la tête d'un air ahuri et de dire qu'il ne comprenait pas. Adeline sut, à ce moment-là, qu'elle devrait affronter cette nouvelle épreuve seule.

Les gendarmes se rendirent sur les lieux et une fois encore, elle porta plainte. Ils prirent l'affaire au sérieux quand elle leur expliqua, le lendemain matin, que les quatre pneus de sa voiture avaient été lacérés pour l'empêcher d'alerter les secours. Les enquêteurs confirmèrent que la ligne de téléphone de la maison avait été coupée sciemment pour la même raison. L'origine criminelle de l'incendie ne faisait aucun doute.

Elle avertit également Jacques et partagea avec lui sa vive inquiétude. Elle avait très peur pour eux deux. Il blêmit, laissa un long moment de silence planer, son regard se durcit et il lui déclara, d'une voix rauque :

— Je vais examiner deux ou trois pistes. Je vais tâcher de régler ce problème bientôt. Crois-moi.

Le juge d'instruction Verrier mena l'enquête. Ce petit homme sec et maigre de 47 ans, presque chauve, n'avait pas l'habitude de s'en laisser conter. Il se jeta à bras-le-corps dans l'affaire. Il était contrarié de ne pas avoir investigué davantage lors de sa première rencontre avec les Portman. Il avait pensé à un problème de voisinage, mais dans les campagnes, les gens sont des taiseux et il n'avait pas persévéré faute d'indices. Le crime de Nocé avait pris tout son temps. Il s'agissait d'un meurtre horrible : une vieille femme tuée de quarante-trois coups de couteau par un voleur. L'enquête avait établi que le coupable était le gendre de la victime qui en voulait à son argent. Il avait réussi à confondre l'assassin qui se retrouvait sous les barreaux.

Il en retirait de la fierté, mais il devait reconnaître qu'il s'était montré négligent avec les Portman. Or il détestait être pris à défaut. Il sentit tout de suite que tous les malheurs des Portman avaient une seule et unique cause. Il remit toute l'affaire à plat. Par ses connaissances, il put rapidement savoir que les Portman n'étaient pas appréciés à cause des terrains qu'ils avaient achetés et parce qu'ils venaient de la ville. Rien de bien intéressant. Les nouveaux venus dans la région, qui croyaient que le métier d'agriculteur et d'éleveur s'apprenait sur le tas, sans difficulté, étaient rarement bien acceptés par les locaux. Pour autant, on n'incendiait pas leur grange et ne tuait pas leurs bêtes. On les laissait juste se ruiner avant de les voir repartir. Les villageois, interrogés, ne parlèrent pas. Ils ne savaient rien, n'avaient rien remarqué d'étrange. Steven Portman n'avait rencontré de problème avec personne, ce que le fermier confirma. Les mobiles familiaux et passionnels furent vite mis de côté, car l'infidélité d'Adeline ne fut pas découverte et le couple n'avait pas de proches aux alentours. Adeline ne leur parla jamais de la lettre anonyme qui aurait pu donner aux enquêteurs une nouvelle piste, même si elle en mourait d'envie. En effet, elle avait maintenant très peur pour elle, mais aussi pour son amant.

Faute de témoignages exploitables, Verrier voulut reprendre les indices. Mais, là, difficile d'avancer. Les branches qui bloquaient le ru avaient été enlevées et débitées depuis longtemps ; les animaux empoisonnés avaient été brûlés ; la mangeoire lavée et les traces de poison avaient disparu. Restait à étudier la grange calcinée et l'absence des voisins. Des experts vinrent sur les lieux afin de chercher la moindre preuve, mais les résultats de leurs analyses restèrent peu concluants.

Le juge d'instruction expliqua la situation à la jeune femme et son mari :

— Nos certitudes sont peu nombreuses. Nos investigations ont pu démontrer que le feu est parti dans le bas de la grange. Je vous confirme l'origine criminelle de l'incendie puisqu'un bidon d'essence très commun a été trouvé sur place.

Le juge regarda sévèrement Steven :

— Vous n'auriez pas laissé un tel objet dans votre grange, Monsieur Portman ?

— Non ! Évidemment que non ! Je ne comprends pas pourquoi des gens peuvent s'attaquer à nous comme ça. Heureusement que vu la chaleur, nous n'avions pas rentré les bêtes. Vous imaginez le carnage que cela aurait été sinon ?

Le magistrat ajusta ses lunettes sur son nez, regarda attentivement Adeline et reprit ses conclusions, imperturbable :

— Nous avons aussi pu constater que les incendiaires étaient arrivés par l'arrière de la grange en se garant sur la départementale 283 pour ensuite traverser les champs qui environnent votre propriété.

Adeline s'exclama :

— Ce qui explique pourquoi je n'ai rien entendu !

— Oui, Madame. En ce qui concerne vos voisins qui, malencontreusement, ne se trouvaient pas sur place pour vous aider, il apparaît qu'ils étaient partis pour deux jours près d'Alençon pour remettre en état une vieille maison appartenant à la sœur du fermier. Après enquête, ce déplacement était prévu depuis longtemps et leur alibi a été vérifié. À l'heure du déclenchement de l'incendie, ils étaient en train de prendre un digestif avec dix autres personnes. Ils sont mis hors de cause.

Steven murmura d'une voix blanche :
— Ainsi vous ne suivez aucune piste.
Sa femme renchérit :
— Ils peuvent donc recommencer…
— La situation est ennuyeuse, en effet. Tant que nous ne connaîtrons pas les mobiles, vous protéger restera difficile.

Adeline, pour des raisons inconnues de ses interlocuteurs, commença à pleurer. Elle s'excusa, prétextant que ses nerfs étaient à vif.

À nouveau, Verrier la jaugea :
— Ne vous mettez pas dans cet état-là, ma petite dame. Je finis. Nous vous confirmons que la ligne téléphonique a bien été coupée volontairement avec une cisaille. Les personnes ne voulaient vous laisser aucune chance.
— D'après vous, combien étaient-ils ?
— Difficile de le dire, car la terre très sèche ne permet plus de détecter des traces de pas. Pour gagner du temps, l'un d'entre eux a dû couper la ligne pendant qu'un autre mettait le feu. Un troisième individu attendait peut-être dans la voiture.

Steven l'interrompit :
— En fait, vous ne savez pas, vous subodorez et vous n'avez pas de pistes…

Verrier, un peu gêné, se racla la gorge avant d'avouer :
— Oui, en effet. Si nous ne trouvons pas d'indices supplémentaires, nous allons être obligés de classer cette affaire faute de preuve…

Le petit homme s'adressa alors à la jeune femme :
— Sauf si de nouveaux éléments ou mobiles venaient à être découverts…

9

Adeline a un enfant

1969

Après quelques mois d'idylle, les choses se compliquèrent entre Adeline et Jacques. Ils se retrouvaient, après le marché de Nogent, pour boire un verre à Brou, une ville distante d'une trentaine de kilomètres de là. Brou était leur nouveau repère pour cacher leur liaison adultère. L'endroit présentait l'avantage d'être éloigné de Dancé et Nogent et donc ils risquaient moins de rencontrer une connaissance.

Ils faisaient attention depuis qu'ils avaient compris que certains jasaient sur leur relation. Les moments qu'ils passaient ensemble étaient peu nombreux, mais toujours de qualité et dans la bonne humeur. Mais cette fois-ci, la jeune femme semblait distante. Elle restait silencieuse et n'accepta pas le verre de vin blanc que son amant lui proposa. Son attitude inquiéta Jacques :

— Quelque chose ne va pas ?

Sans rien lui dire de plus, il se demanda si le fait qu'il ne veuille pas qu'elle vienne chez lui, après tout ce temps, lui pesait, car elle lui en avait parlé à plusieurs reprises. Il l'aurait bien amenée dans son appartement, mais il appréhendait la curiosité de sa mère et de ses bavardages. Voyant que sa question provoquait un flot de larmes, il en conclut qu'apparemment, il ne s'agissait pas de cela.

Adeline se reprit.

— En effet, j'ai un problème.

Elle leva les yeux sur lui.

— Plus précisément, nous avons un problème.

Jacques fronça les sourcils. Il n'avait pas du tout envie d'avoir des problèmes.

— Ton mari sait-il pour nous ?

— Non. Bien sûr que non.

— Alors, qu'est-ce qu'il y a ?

Elle renifla dans son mouchoir avant de prendre une grande inspiration. Elle se jeta à l'eau. Autant ne pas tergiverser.

— J'attends un enfant.

Jacques resta muet un moment. Incapable d'interpréter son silence, elle fondit de nouveau en larmes. Gêné, il ne savait pas comment réagir. Au bout d'un moment, il demanda maladroitement :

— Il est de qui ?

Elle hurla presque.

— De toi ! Évidemment !

Intrigués par les éclats de voix, leurs voisins s'arrêtèrent de parler. Des têtes se tournèrent dans leur direction. Jacques jeta un regard inquiet à sa compagne. Elle se ressaisit. Pas la peine de compliquer encore plus la situation en se faisant remarquer. Si son mari apprenait que l'enfant n'était pas de lui, on allait droit vers la catastrophe.

Elle reprit la conversation d'un ton plus calme.

— Je ne fais plus l'amour avec Steven depuis des mois. Tu es mon seul amant. Je n'ai donc aucun doute.

— Je croyais que tu ne pouvais pas tomber enceinte.

— Oui, c'est ce que ces crétins de médecins m'ont expliqué quand j'ai eu mon accident l'année dernière.

— Ah… Comment veux-tu t'organiser ?

Elle n'hésita pas.

— Je souhaite garder cet enfant miraculeux. Je n'aurais probablement pas une autre chance.

Il prit peur. Il n'avait pas envie de s'engager. Ce qu'il aimait dans cette relation, c'était sa légèreté. Là, elle lui parlait de paternité et d'un tas de complications. Il murmura :

— Je ne suis pas sûr de vouloir devenir père…

— Je ne te le demande pas. Si Steven est persuadé qu'il est le géniteur, le tour sera joué.

— Tu vas coucher avec lui alors ?

Elle se fit ironique.

— Oui. Cela me semble indispensable. Cela fait un mois et demi que je n'ai plus mes règles. Il faut même que je lui sorte le grand jeu au plus vite. L'enfant naîtra prématuré, c'est tout.

— Et nous ?

— Nous pourrons continuer à nous voir, comme avant, si tu en as envie…

Il se sentit soulagé. Oui, il en avait envie. Son impression de légèreté revenait…

10

L'histoire de Jeanne

1956-1965

De dix ans la cadette de Jacques, Jeanne était mariée, depuis 1956, à René Dutour, un homme âgé de douze ans de plus qu'elle. Ce dernier était propriétaire d'une entreprise de matériels agricoles et de pièces détachées, située sur la départementale 11, entre Dancé et Berd'huis.

La société se portait bien en ces temps de mécanisation de l'agriculture visant à augmenter la productivité des exploitations. Avant de lui appartenir, elle avait été créée par ses parents, qui lui avaient légué, lorsqu'ils avaient pris leur retraite. Ces derniers restaient néanmoins très actifs, occupés par du négoce avec l'Asie. Cela leur permettait de voyager très régulièrement, ce qu'ils appréciaient beaucoup. Ils avaient fait fortune et se montraient généreux envers leurs six enfants disséminés un peu partout dans le monde.

Jeanne n'avait qu'une ambition depuis son enfance : rencontrer un prince charmant avec de gros moyens financiers afin de quitter le manoir familial. Elle mit toute son énergie pour atteindre cet objectif. Très jolie, bien faite, petite et menue avec un visage aux traits fins, elle possédait de beaux cheveux bruns, longs et bouclés. Son physique et son caractère dégourdi l'aidèrent grandement et la jeune femme se maria à 21 ans, ce qui lui permit de fuir le manoir de l'Angervillière et les colères redoutables de son père qui la prenait plus pour la servante de la maison que pour sa fille. Elle s'installa dans le château de la Bourdonnière que venait d'acquérir son mari. Elle passa du statut de bonne à tout faire à celui de châtelaine.

Elle s'adapta très vite à sa nouvelle condition et consacra son temps à remettre en état le château, imposant, datant du XIXe siècle, situé sur la commune de Dancé. De grandes tours effilées avec leurs toits très pentus lui donnaient beaucoup d'allure. Après avoir passé toute son existence dans un manoir décrépit qu'elle était arrivée à haïr, elle avait l'impression de se trouver dans un château de princesse. Elle se mit en tête de privatiser une partie de la demeure, très grande, et de créer des chambres d'hôtes de luxe dans le reste des lieux.

Trois ans après son mariage, les relations avec son père furent définitivement rompues à l'occasion d'un dîner de Noël. L'ambiance dégénéra lorsque Gaston eut soudainement envie de frapper sa fille à la suite d'un échange de propos des plus virulents sur le fait que, sans enfant à élever, elle ne travaillait pas. Il la traita de cafard et de parasite avant de se lever pour lui taper dessus. Son gendre n'apprécia pas la tentative d'agression et mit une bonne correction à son beau-père en guise de représailles, ce qui eut le mérite de le calmer pour la soirée. Ils ne se revirent jamais après cette altercation.

Cela prit des proportions incroyables, au point où tout le village et ses environs eurent vent de la querelle familiale.

Un épineux problème se présenta au moment de l'ouverture de la chasse. Les deux hommes chassaient comme la plupart des individus de la région. Il fallut faire en sorte de ne jamais les inviter ensemble…

Si Jeanne avait coupé les ponts avec son père, elle continua néanmoins à voir sa mère et son frère en cachette pendant des années.

Jacques et Marie se rendaient discrètement dans l'après-midi au château de la Bourdonnière. Les trois complices s'entendaient à merveille. Cette belle entente se fissura peu de temps avant la mort de Gaston de La Flandrière. En effet, Jacques, qui n'en pouvait plus de vivre au manoir et qui ne pouvait pas prendre son autonomie d'une manière satisfaisante à ses yeux, demanda à sa sœur si elle pouvait lui prêter de l'argent pour acheter un appartement.

Jeanne le regarda d'un air gêné :

— Tu sais, je ne tiens pas les cordons de la bourse.

— Oui, mais tu parles à ton frère.

— Bien sûr, mais l'argent appartient à la famille de mon mari.

— Tu sais bien que je pourrai bientôt le rembourser.

— Nous n'en sommes pas certains.

— Bien sûr que si. Nous savons qu'il y a un magot et de toute manière la vente du manoir nous rapportera une belle somme.

— René pense que le Vieux peut vivre centenaire et maman aussi.

Marie hocha la tête vigoureusement.

— La possibilité existe malheureusement.

Jeanne continua.

— Et puis ce manoir, nous ne pouvons pas l'estimer et il est difficile de savoir combien de temps il va nous falloir pour trouver un acheteur.

— En fait, je me rends compte que toi aussi tu ne veux pas m'aider…

— Oui, c'est vrai, pour tout te dire. Prends-toi une location en attendant qu'il meure.

— Tu sais bien que sans caution, je n'y arriverai pas.

Jeanne resta sur ses positions. Elle promit cependant d'en reparler à René. Lorsqu'ils se revirent quinze jours plus tard, Jeanne annonça à son frère que, comme elle l'avait imaginé, son mari avait refusé d'octroyer les fonds.

— Il estime qu'à presque 40 ans, avec ton diplôme d'avocat, tu peux te prendre en charge. Tu n'as qu'à facturer davantage.

— Les lois et réglementations changent constamment. Je dois sans arrêt me mettre à niveau.

Les formations que je suis restent indispensables à mon métier.

— Peut-être, mais tu travailles presque à mi-temps et je ne pense pas que tous les avocats fonctionnent comme cela. Après cela, ils continuèrent à se voir, mais plus rien ne fut comme avant. Quelque chose s'était cassé.

11

La découverte du magot

1965

Cette relation déclinante se brisa ensuite totalement après la mort de Gaston de La Flandrière. Dès que l'accident de chasse fatidique fut connu, les trois membres de la famille se précipitèrent au château pour chercher le magot. Tous les trois savaient qu'il y avait un tas d'argent quelque part dans le manoir. Ils avaient tous tenté discrètement de le trouver, mais ils restaient conscients que, même s'ils mettaient la main dessus, ils ne pourraient pas profiter de leur découverte avant que le Vieux ne rende l'âme, sous peine de représailles.

Ils avaient maintenant les coudées franches. Gaston les faisait rêver avec ce trésor caché depuis des années. Marie et ses enfants avaient déjà prévu comment ils procéderaient quand le chef de famille serait mort. Depuis le temps qu'ils guettaient ce moment, ils avaient préparé leur plan d'action de longue date.

Marie, Jeanne et Jacques se retrouvèrent sur place, sans surprise, alors qu'ils ne s'étaient pas donné rendez-vous. Ils inspectèrent la chambre de l'ivrogne sans succès puis se rendirent dans la remise où il stockait ses affaires de chasse, mais ne trouvèrent rien. Ils n'hésitèrent pas à forcer les serrures des portes des placards dont ils ne possédaient pas les clés. Les fouilles prenaient du temps. Une certaine méfiance s'était instaurée entre eux et ils restaient ensemble au lieu de se répartir le travail. Ils se dirigèrent ensuite vers sa voiture sans plus de réussite. Ils se retrouvèrent sans idée. Où est-ce que le Vieux cachait son magot ? Puis le doute, insidieux, s'infiltra. Finalement, ce magot existait-il vraiment ? Ou était-il le fruit de leur imagination ? Le Vieux leur avait-il fait un dernier pied de nez ? Il parlait tout le temps du magot. Ce dernier permettait de payer les travaux pour entretenir le château. Personne ne pouvait consulter ses comptes bancaires et ne connaissait les revenus de ses métayages et de ses forêts, il paraissait compliqué de savoir comment étaient financées ces dépenses. Il n'hésitait pas à perpétuer le mythe :

— Vous ferez cela quand je serai mort et que vous aurez trouvé le magot !

Ou encore :

— Heureusement que je l'ai bien caché ce magot, sinon cela fait bien longtemps que vous m'auriez tué !

Que croire ?

Les recherches reprirent activement. Au bout de trois heures, après avoir méticuleusement ouvert toutes les malles, valises, armoires et commodes ; retourné les tableaux, les lattes de parquet, les plinthes ; renversé les matelas des chambres et inspecté la cave, ils firent une pause et en profitèrent pour grignoter un repas improvisé à base de charcuterie et de fromage avec une très bonne bouteille de vin rouge que le Vieux ne voulait sortir que pour les grandes occasions, autant dire jamais puisqu'ils ne recevaient plus.

La fatigue commençait à se faire sentir.

Jeanne était pessimiste, ils avaient retourné quasiment toute la maison pendant trois heures. Peut-être que le Vieux avait mis son trésor dans un coffre-fort à la banque.

Marie proposa de se rendre dans le grenier. Personne n'allait là-haut. Il y avait un bazar terrible, un endroit idéal pour dissimuler quelque chose, non ?

Trois quarts d'heure plus tard, ils durent admettre qu'aucun magot n'existait dans cette pièce.

Jeanne suggéra qu'avant d'abandonner, la cave devait être visitée. Lentement, sans trop y croire, ils s'y rendirent. La cave était grande, mal éclairée avec beaucoup de toiles d'araignées – ce qui stressait Jeanne qui avait peur des petites bêtes – et de poussière. Il y avait des bouteilles entassées sur des étagères. Des caisses à vin n'avaient même jamais été ouvertes. Marie ne put s'empêcher de s'exclamer :

— Mais quand est-ce qu'il se faisait livrer ce vin ? Je ne savais pas qu'il entreposait tout cela. On va pouvoir tout revendre et nous gagnerons de l'argent.

— Oui, ou céder la maison avec la cave en prime, ce qui nous permettra de la vendre plus chère.

Fous de joie, ils dénichèrent un coffre-fort caché dans le fond de la pièce, dans un grand carton posé sur le sol sur lequel était indiqué *crus à conserver*. Certains d'avoir enfin atteint leur but, ils se précipitèrent dessus pour l'ouvrir, mais découvrirent qu'il était fermé. Cela les conforta. S'ils ne pouvaient pas l'ouvrir, quelque chose de précieux se trouvait à l'intérieur, mais maintenant il fallait savoir comment procéder pour en forcer la serrure. Jacques entreprit de maîtriser le fonctionnement du mécanisme d'ouverture. Le coffre-fort combiné possédait un code et une serrure. Restait donc à trouver le code et la clé. L'avocat sortit de ses gonds.

— Le Vieux s'est bien moqué de nous !

Sa sœur hocha la tête et renchérit un peu cyniquement :

— Je ne le connaissais pas si joueur ! Il nous a préparé une chasse au trésor ! Le comble !

Marie resta pragmatique.

— Il possède un tas de trousseaux dans son bureau. À quoi ressemble une clé de coffre ?

— Elle est de petite taille et un peu compliquée.

— Je cours voir.

— Allez-y toutes les deux ! Pendant ce temps-là, je tente de deviner le code.

Marie rassura son fils.

— Ton père possédait un sale caractère, mais n'était pas très futé. Trouver ce satané code doit rester à notre portée.

Les deux femmes se précipitèrent dans le bureau. Elles avaient envie de savoir ce que contenait ce coffre. Elles imaginaient des monceaux de billets, puis cinq minutes plus tard, qu'elles trouveraient un mot avec *Je vous ai bien eus* écrit dessus. Elles se méfiaient de Jacques, âpre au gain. Il tenterait tout pour s'approprier l'argent, surtout la part de Jeanne qu'il estimait suffisamment bien nantie pour ne pas en avoir besoin.

Le secrétaire du défunt était fermé à double tour. Elles renversèrent le contenu des deux pots à crayons sur le bureau, puis celui d'un vase vide et finalement tombèrent sur une petite clé dans l'une des cinq boîtes posées sur des étagères avec laquelle elles purent ouvrir les tiroirs. Elles y trouvèrent un trousseau d'une quinzaine de clés. La mère et la fille descendirent en courant à la cave où Jacques s'énervait.

— Je n'y arrive pas et en plus, il fait froid et humide, ici...

— Arrête-toi un moment, lui dit Marie. Nous allons regarder si une d'entre elles rentre dans la serrure.

Cinq minutes plus tard, après de nombreuses tentatives, Marie hurlait de joie.

— Victoire ! J'ai trouvé la bonne clé.

Elle se tourna vers son fils.

— À toi de jouer !

— Il y a quatre molettes. Chacune d'entre elles contient les 26 lettres de l'alphabet. Cela fait pas mal de combinaisons, non ? J'ai essayé des choses connues, du genre *ABCD*, sans succès... Des idées ?

— Maudite machine ! On ne peut pas la casser ?

Personne ne prit la peine de répondre à Jeanne. Si les coffres-forts s'ouvraient facilement, ils n'auraient aucun intérêt. Marie sentit que Jacques s'impatientait. Elle réfléchit. À quel code simple à retenir de quatre lettres aurait-il pu penser ? Elle ne voulait pas procéder comme son fils, mais plutôt se mettre à la place de feu son mari pour essayer de deviner sa logique.

— Y'aurait eu cinq molettes, cela aurait été *MAGOT* sans aucun doute !

Sa fille proposa quelques alternatives :

— Pourquoi pas *VINO*, il buvait du matin au soir ! *DENT*, il allait tout le temps chez le dentiste ! *MORT*, il en parlait à longueur de journée… Vous ferez ci, vous ferez ça quand je serai mort…

Mais pas plus *VINO* que *DENT* ou *MORT* ne permit d'accéder au contenu du coffre. Marie réfléchissait de plus en plus.

— Quelque chose de facile à retenir, d'évident ! Bon sang, ça ne doit pas être compliqué ! Ça y est, j'ai trouvé ! Ses initiales *GDLF* ! Essaie !

Jacques actionna les molettes une par une. Il croyait plus à cette idée qu'aux autres. Mais, il ne se passa rien. Sa mère insista :

– En sens inverse, *FLDG* !

— Non plus !

– *DLFG* alors !

Et là, le miracle arriva ! Une fois le code rentré, la clé tourna et la porte s'ouvrit.

Tous les regards se fixèrent sur son contenu. Ils purent constater que le Vieux n'avait pas menti. Il y avait un magot ! Un vrai magot ! Beaucoup de pièces d'or. Ils mirent plusieurs heures pour compter les napoléons. Ils en trouvèrent neuf-mille-huit-cent-cinquante exactement.

12

La dispute

1965

Jacques, comme les deux femmes l'avaient craint, voulut s'approprier la plus grande part du magot, sous prétexte que Jeanne n'avait pas besoin de cet argent. Sa sœur et sa mère ne voyaient pas les choses sous le même angle.

— Ça n'a aucun rapport avec nos moyens. Tu ne répartis pas un héritage en fonction du patrimoine ou du revenu de chacun des bénéficiaires, mais en parts égales.

— Je ne sais pas. Selon quelles règles ? Si on applique les règles de la succession, maman est perdante. Si on applique les règles des revenus, c'est toi et si on applique des parts égales, c'est moi. Pourquoi est-ce que ce serait moi ? Il n'y a pas de règles pour les répartitions de magot !

Sa mère comprit vite que ses deux enfants camperaient sur leurs positions et qu'ils n'arriveraient à rien. Ne voulant pas qu'ils se fâchent, elle intervint :

— Je possède la moitié du manoir. Nous allons le revendre et avec cet argent, je pourrai me racheter un petit appartement à Nogent. Je peux vous laisser ma part et vous vous répartissez le magot entre vous deux.

Jacques trouva l'idée très intéressante et Jeanne fut très choquée par sa réaction. Le ton monta entre la sœur et le frère.

— Il n'y a aucune raison pour que tu te sacrifies pour Jacques. Après tout, s'il l'avait vraiment voulu, il aurait pu mettre de l'argent de côté, mais il ne veut pas être salarié, il lui faut du temps pour se former...

— Et toi ? Comment crées-tu de la valeur ?

Ils se disputèrent jusqu'au moment où Marie imposa son point de vue. Afin d'éviter toute contestation, elle répartit les pièces entre les deux rivaux. L'atmosphère ne se détendit pas pour autant. Il fallut qu'ils s'entraident pour transporter les pièces, car si elles n'occupaient pas une place très importante, elles pesaient plus de soixante kilos !

13

La disparition de Jacques

1970

En ce jour d'automne 1970, Jacques de La Flandrière conduisait sa Mini à vive allure dans la campagne percheronne. Il repensait à l'agitation de ces derniers temps. Sans cette lettre anonyme qu'Adeline avait reçue et puis tous les ennuis à la ferme, tout aurait été parfait.

L'avocat avait parfaitement compris que c'était lui qu'on visait. Il n'avait jamais avoué la vérité à Adeline, ni expliqué pourquoi on l'accusait d'être un maître chanteur. Sur le moment, il n'avait pas voulu accorder d'importance à tout cela, jugeant que l'autre se contenterait de menaces et pas d'actes. Il avait commencé à prendre peur lorsque la situation s'était aggravée. L'occasion rêvée se présentait aujourd'hui pour mettre les choses au point.

Cela faisait cinq mois maintenant que sa maîtresse avait accouché d'un petit garçon en bonne santé nommé Philippe. Steven avait accepté son nouveau statut de père avec une naïveté qui avait presque étonné l'amant d'Adeline. Le fermier était très content d'avoir une descendance. Il n'avait posé aucune question et comme sa femme avait enfin pu lui donner un fils, il en arrivait même à se montrer aimable avec elle. Il avait cependant compris qu'elle ne pourrait pas tomber enceinte une nouvelle fois. En effet, elle avait failli perdre la vie lors de son accouchement qui s'était très mal déroulé.

De son côté, l'avocat s'était habitué à l'idée d'avoir un rejeton dans la nature. Il ne se sentait pas la fibre paternelle, mais n'éprouvait pas pour autant de sentiment de rejet. Il avait vu son bébé à quelques rares occasions. Par chance, Philippe ressemblait beaucoup à sa mère. La question de la paternité ne se posait donc pas.

Tout se passait exactement comme Jacques le souhaitait. Il possédait un peu d'argent et une vie sexuelle des plus satisfaisantes. Tout émoustillé, il savait que sa maîtresse le guettait, comme chaque semaine, à l'hôtel *Au Plat d'Étain*, un ancien relais des postes à Brou. Elle allait devoir l'attendre un peu, car, exceptionnellement, il arriverait un peu en retard aujourd'hui, il devait faire un petit détour auparavant...

À une trentaine de kilomètres de là, allongée sur son lit, Adeline attendait son amant avec impatience. Quelques mois après la naissance de Philippe, elle avait retrouvé sa ligne et renoué avec plaisir sa relation adultère avec son avocat. Désormais, elle prenait la pilule sans que Steven le sache. Ce petit comprimé révolutionnaire avait transformé sa vie. Il ne s'agissait plus de courir le moindre danger. D'une part, parce qu'elle risquait de mourir si elle retombait enceinte et ne le souhaitait pas et d'autre part, parce que Steven ne la touchait plus et qu'elle ne pourrait pas lui sortir le grand jeu chaque fois.

Elle avait appris avec une certaine satisfaction que Steven la trompait avec une solide campagnarde, veuve depuis plusieurs années, un peu plus âgée que lui. Cela la tranquillisait. Si un jour, son mari lui reprochait son adultère, elle pourrait toujours lui renvoyer le compliment. Il ne pourrait pas lui faire une scène.

La jeune femme regarda le réveil posé sur sa table de chevet. Elle constata que son amant était en retard, très en retard. Elle s'alarma lorsqu'elle fut obligée de repartir quelques heures plus tard sans aucune nouvelle de sa part. Cela n'était jamais arrivé auparavant.

Impossible de donner l'alerte, elle n'était pas censée le rencontrer. Elle rentra chez elle la boule au ventre.

Le lendemain, tout le monde parlait de l'avocat. Ne le voyant pas venir, sa mère, qui l'attendait pour dîner, s'était inquiétée. Dans la nuit, elle avait signalé sa disparition aux gendarmes. Elle leur expliqua que son fils la prévenait toujours lorsqu'il rentrait tard. Elle ajouta qu'il fréquentait une femme qu'il voyait sur Brou. Les enquêteurs avaient pensé immédiatement à un accident sur les petites routes sinueuses de campagne, il pouvait avoir fait une sortie de route. Ils avaient donc reparcouru, dès le lendemain matin, le chemin entre Nogent et Brou, mais sans trouver la moindre trace.

Il fallut deux jours pour découvrir, un peu par hasard, son véhicule garé dans un virage, à l'orée d'une chasse gardée à Croisilles, hameau situé entre Nogent-le-Rotrou et Dancé. La Mini, en parfait état, n'était pas verrouillée, la clé se trouvait toujours sur le contact. Les gendarmes récupérèrent les papiers de l'avocat et son argent dans la boîte à gants de la voiture. Le vol n'était manifestement pas la cause de la disparition. Aucun indice permettant de soupçonner une effraction, une bagarre ou du sang. Les enquêteurs restaient perplexes, d'autant plus que Croisilles ne se situait pas sur la route qui menait à Brou quand on partait de Nogent. Aucun doute possible à ce sujet. Comment la voiture de Jacques avait-elle bien pu atterrir ici ? Les bois et maisons alentour furent fouillés, les rivières draguées, sans retrouver le corps du disparu.

Sans cadavre, les analyses se concentrèrent sur les mobiles de son entourage. Les suspicions se portèrent un instant sur Jeanne, sa sœur, mais furent rapidement levées faute de preuves. Les investigations étaient particulièrement compliquées, car il était impossible de vérifier les alibis puisqu'on ne savait pas précisément quand les événements avaient eu lieu. Ensuite, on se renseigna sur l'identité de la fameuse maîtresse qu'il allait rejoindre. Trois jours passèrent avant que le nom de la mystérieuse amante du disparu ne soit découvert.

Adeline fut convoquée pour subir un interrogatoire et se disculpa facilement, étant donné qu'elle se trouvait dans la chambre d'hôtel au moment où Jacques partait de Nogent. Elle fondit en larmes, supplia qu'on le retrouve, avoua sa vive angoisse. Pourquoi Jacques s'évanouirait-il dans la nature ?

— Il y a des disparitions inexpliquées parfois. Des individus qui, du jour au lendemain, décident de changer de vie.

— Je n'y crois pas un instant. Jacques avait beaucoup de projets.

Très inquiet également, l'homme qui lui posait des questions n'insista pas. Il ne pensait pas non plus que Jacques de La Flandrière s'était volatilisé de son propre gré. Cela faisait maintenant presque une semaine que l'avocat n'avait donné aucune nouvelle et plus le temps passait, plus la probabilité de le retrouver vivant diminuait.

— Nous allons devoir parler à votre époux, Madame Portman.

— Il n'est pas averti de ma liaison avec Jacques de La Flandrière. Vous imaginez sans peine les conséquences si vous l'interrogez.

Le gendarme resta intraitable. Les crimes passionnels sont courants et dans ce type d'affaires, un proche est très souvent impliqué.

— Votre mari a peut-être appris votre infidélité sans que vous le sachiez. Les hommes sont jaloux. Il peut avoir voulu se venger de celui qui lui a pris sa femme.

Adeline regarda son interlocuteur d'un air fatigué.

— Notre vie de couple n'existe plus depuis longtemps. Steven et moi restons ensemble pour notre fils, mais également parce que nous possédons le Moulin et avons un projet en commun.

Elle laissa s'installer un instant le silence.

Elle rajouta ensuite :

— Il me trompe, lui aussi.

Le gendarme soupira :

— Oui, mais si certains hommes considèrent normal de tromper leur femme, ils n'acceptent pas, pour autant, la réciproque.

Elle, qui, quelques jours auparavant, trouvait son dernier argument imparable, douta un bref instant. C'est vrai que son mari avait toujours été très jaloux. Comment aurait-il réagi s'il avait eu connaissance de son infidélité ? Elle ne le voyait pas ourdissant son crime pour faire disparaître son amant. Il n'était pas machiavélique.

Elle n'eut pas à attendre longtemps pour savoir comment son adultère serait perçu par son mari. Pendant qu'elle était questionnée, Steven se rendit au café. Au comptoir, il entendit une conversation entre deux gendarmes. Les deux hommes parlaient de l'affaire du disparu et expliquaient qu'on avait enfin retrouvé sa mystérieuse maîtresse. Curieux, Steven ne put s'empêcher de tendre attentivement une oreille. Horrifié, il apprit qu'il s'agissait de sa propre femme et que cela durait depuis plusieurs années.

— Les deux amants ne prenaient pas beaucoup de précautions. Ils se rencontraient chaque semaine après le marché de Nogent où elle vendait des produits de sa ferme et ils allaient à l'hôtel à Brou. Ils procédaient presque toujours de la même manière. On n'a pas eu à interroger beaucoup de monde avant de tout savoir. C'est de notoriété publique.

— Je veux bien te croire. L'avocat, rencontré au tribunal, se vantait de posséder une maîtresse, même s'il ne m'en a jamais donné le nom. Il semblait très amoureux.

Steven remarqua alors l'air de pitié sur le visage du patron du café, pas le moins du monde étonné des propos qu'il écoutait également. Le fermier ne savait pas si le pire était d'apprendre qu'Adeline le trompait depuis des années et que son enfant n'était peut-être pas de lui ou qu'elle n'avait pas eu le courage et la politesse de lui annoncer son adultère avant de partir voir les gendarmes.

Quand elle revint chez elle, la tête de son mari valait tous les discours. La jeune femme fut consternée. Manifestement au courant de tout, il la condamna par son mépris et ne voulut pas discuter avec elle. L'entendre essayer de se justifier ne l'intéressait pas. Il la considérait désormais comme une étrangère. Elle lui jeta au visage :

— Toi aussi tu as une maîtresse. Je ne vois pas en quoi le fait que je prenne un amant te pose un problème.

Son mari prit mal la remarque :

— Une différence de taille existe pourtant entre nous. Je suis devenu la risée du village, tout le monde ne parle que de cela. Je suis cocu depuis des mois et cela se sait. Tu aurais pu être plus discrète ! Je ne veux pas que tu me dises qui est le père biologique de Philippe, mais tu peux comprendre que je doute vraiment, même si je considérerai toujours qu'il s'agit de mon fils.

14

L'enquête

1970

Le juge d'instruction Verrier relativisa l'affaire avec quelques difficultés lorsqu'on lui fit part de la liaison entre Jacques et Adeline. Il se rendit compte qu'Adeline Portman, avec ses airs de sainte-nitouche, avait manqué d'honnêteté en lui cachant son adultère, un fait pourtant important, lorsqu'il avait enquêté sur l'incendie dont elle avait été victime. Il avait toujours su qu'elle ne lui disait pas toute la vérité. Ce couple commençait vraiment à l'agacer. Il eut à cœur de retrouver Jacques et voulut faire du zèle. Les disparitions inquiétantes restaient rares dans la région, il fallait qu'il résolve ce mystère.

La presse s'empara de l'affaire. Steven cacha avec beaucoup de peine un haut-le-cœur en découvrant la photo de sa femme à la une d'un journal local : *La mystérieuse maîtresse de l'avocat disparu enfin retrouvée : crime passionnel ?*

Il réalisa, avec stupeur, que l'éditorialiste se demandait s'il avait tué l'avocat.

Jean Verrier avait, lui aussi, lu le quotidien. Il convoqua Adeline. Elle se présenta à l'entrevue très mal à l'aise, état qui ne s'améliora pas lorsqu'elle remarqua l'air sévère du magistrat et entendit son ton pincé. Le petit homme lui donna l'impression d'être encore plus maigre que la dernière fois qu'elle l'avait rencontré. Il lui fit comprendre sans ambiguïté qu'il était très contrarié.

— Madame Portman, vous vous êtes moquée de moi, lorsque j'ai enquêté sur l'incendie de votre grange. Pourquoi m'avez-vous caché que vous aviez un amant ?

La jeune femme tenta de le bluffer :

— Parce qu'à l'époque, il n'était pas encore devenu mon amant.

Verrier devint tout rouge :

— Arrêtez de me prendre pour un imbécile ! Cela m'insupporte et nous fait perdre à tous les deux notre temps.

Il jeta vers elle le journal qui relatait en détail l'adultère.

— Maintenant que le secret est éventé, nous allons recueillir des témoignages à la pelle. Persistez-vous dans vos déclarations ? Vous savez que le mensonge n'est pas autorisé dans une enquête judiciaire.

Adeline se mit à pleurer. Peu sensible à ses effusions de larmes, le juge attendit qu'elle se reprenne.

— Monsieur Verrier, je suis désolée de ne pas vous avoir dit la vérité, mais si mon mari avait su alors que j'avais pris un amant, j'aurais dû faire face à de terribles problèmes.

— Avez-vous conscience que Jacques de La Flandrière possédait peut-être un mobile pour tuer vos bêtes ou incendier votre grange ? Les crimes passionnels restent courants.

Elle mentit. Elle ne voulait pas salir Jacques. Elle ne parlerait pas de la lettre anonyme.

— Non, je n'ai pas vu le lien. Je ne comprends pas en quoi Jacques peut être impliqué. C'est pour cela que je me suis tue. Notre histoire était simple, nous nous rencontrions une fois par semaine pour passer de bons moments ensemble. Il n'était pas question d'engagement entre nous, je ne voulais pas quitter Steven, il ne voulait pas se mettre en couple. Il n'y a rien de passionnel dans tout cela. Je n'ai plus aucune relation sexuelle avec mon conjoint depuis longtemps. Nous fréquentons chacun quelqu'un. Rien de bien compliqué !

Voyant qu'il n'obtiendrait rien d'elle, il convoqua le mari trompé. Ce dernier l'intéressait au plus haut point.

— Avez-vous bien compris pourquoi je vous ai demandé de venir ?

Steven essaya, sans succès, de répondre calmement :

— Je suppose que vous voulez me poser des questions au sujet de la disparition de l'amant de ma femme ?

— Oui, en effet. Étiez-vous au courant de sa relation avec Jacques de La Flandrière ?

— Non. Je me doutais bien qu'elle fricotait, mais je ne savais pas avec qui.

— Votre épouse m'a expliqué que vous avez très mal accepté que ce soit révélé dans la presse. Or vous aussi fréquentiez une maîtresse, non ?

— Oui. Mais, je n'étale pas mes affaires privées. Tout le monde se marre en me voyant. C'est insupportable de traîner de manière officielle une image de cocu. En plus, je ne sais même pas si mon fils est bien de moi. Elle a tout gâché.

Verrier réalisa que son interlocuteur, blessé dans son orgueil, ne réalisait pas la gravité de la situation :

— Comprenez-vous que vous apparaissez comme l'un des principaux suspects de cette disparition ?

Steven reçut un second choc. Après le déshonneur public, il découvrait à présent que, pour le magistrat, il devenait le suspect numéro un dans une affaire criminelle.

— Non. J'avais bien vu que la presse se posait la question, mais je n'imaginais pas que cela soit sérieux.

— Nous nous sommes renseignés sur vous. Votre vie ne semble pas facile d'un point de vue financier. À découvert, vous prenez difficilement vos marques en tant qu'agriculteur, sans compter que vous avez été victime d'agressions l'année dernière. Enfin, vous buvez beaucoup. Or, certains hommes deviennent violents après quelques verres dans le nez. Vous comprendrez qu'on ne sait pas trop comment vous pourriez réagir en apprenant qu'en plus votre femme vous trompe.

Steven devint tout blanc, réalisant l'énormité de ce qui lui arrivait. C'était le comble !

Finalement, Verrier dut admettre que le mari d'Adeline Portman ne faisait pas un bon suspect. L'après-midi de la disparition, il discutait avec un négociant en bétail à Alençon. Ensuite, profitant d'être sur place, il avait passé la soirée chez un ami d'enfance – un Anglais comme lui qui avait également décidé de tenter sa chance en France – qu'il n'avait pas vu depuis longtemps.

La une des journaux locaux évolua, disculpant Steven sans amener de nouveau coupable. Cependant, le mal était fait, le fermier ne supportait plus les regards amusés ou pleins de pitié des personnes qu'il rencontrait. Même si les articles dépeignaient son épouse comme une femme facile, son honneur était atteint.

Adeline avait bien tenté sans succès de parler avec lui, mais son orgueil de mâle blessé empêchait toute forme de communication. Ils se murèrent alors chacun dans un silence méprisant.

Peu de temps après, faute d'éléments, le juge d'instruction Verrier dut renoncer à trouver pourquoi et comment Jacques de La Flandrière avait disparu. Le corps de ce dernier ne fut pas retrouvé et l'affaire fut classée sans suite.

Malgré leur projet de ferme et l'argent qu'ils y avaient investi et qu'ils ne récupéreraient pas, leurs dettes accumulées envers la famille de Steven et leur banque, leur couple ne résista pas à la crise. Ils cohabitaient, mais ne se parlaient plus. Ils tentèrent de vivre comme cela pour épargner Philippe, encore très jeune.

Mais deux mois plus tard, ils ne se supportaient plus et leur séparation devint inévitable. Ils mirent le Moulin en vente au grand désespoir d'Adeline qui, avec le temps, s'était attachée à la maison. Faute d'acheteurs intéressés, ils durent se résoudre à brader la propriété pour une misère à des retraités qui souhaitaient une résidence secondaire. Ils perdirent beaucoup d'argent.

Adeline s'installa dans une maisonnette à Nogent-le-Rotrou avec son fils. Steven lui avait laissé le peu d'argent qu'ils avaient récupéré de la vente de la maison, de leurs biens et du bétail.

Elle put vivre chichement et se reconvertit comme couturière avant d'ouvrir une petite mercerie. Avec regret, elle put voir le Moulin perdre de sa superbe au fil des années, les nouveaux propriétaires n'entretenant pas leur bien.

Dès que tout fut vendu et leur divorce prononcé, Steven repartit en Angleterre où il monta une affaire d'import-export de whisky. Il ne revint jamais en France. Il ne revit son fils que lorsque celui-ci, adolescent, atteignit l'âge de venir le voir tout seul.

15

La famille de La Flandrière

1992

Je m'entends de mieux en mieux avec Emma. J'ai appris à la connaître et à l'apprécier même si ses tenues excentriques m'ont surprise un temps. Elle s'habille tous les jours avec des tenues sombres, souvent dans les tons gris, du début du XXe siècle. Grande, avec de beaux yeux bleus, elle a une allure folle – on voit qu'elle a pratiqué la danse classique pendant des années – mais complètement décalée. Elle porte des robes très longues, des chemises blanches à dentelles très amples, des bottines, des collants et ses longs cheveux blonds sont toujours attachés en chignon bas. Je me demande où elle peut trouver tous ses vêtements : dans des brocantes, des ventes de vêtements de films d'époque ? Je ne la vois en jogging et baskets que lorsqu'elle va courir le matin. Elle a également repris l'équitation, ce qui a été simple, car la région possède de nombreux haras. La jeune femme préfère faire du vélo, mais pour aller sur des chantiers de fouille pendant ses études, elle a dû se résoudre à passer son permis qu'elle a obtenu au bout de la cinquième fois. Elle a acheté une deux chevaux avec laquelle elle est venue dans le Perche.

Lorsque je lui demande d'où viennent ses goûts vestimentaires si originaux, sa réponse me laisse perplexe :

— J'ai toujours été attirée par les années 1910-1920. J'imagine que j'ai dû vivre dans une vie antérieure à cette époque-là. Je me suis rendu compte que d'autres personnes ont la même passion que moi. Nous nous rencontrons lors de jeux de rôle grandeur nature sur ce thème. C'est passionnant. Je ne serai pas là certains week-ends pour aller jouer un peu partout en France.

— C'est comme un jeu de plateau, mais dans la nature ou dans une maison ?

— Oui, si on veut...

Ce qu'elle me raconte m'amuse, je la questionne à nouveau :

— Vous résolvez des énigmes ?

— Oui, pour ma part ce sont les jeux que je préfère. On les appelle des *murder party*.

J'éclate de rire.

— Vous allez pouvoir m'aider dans mes enquêtes policières alors. Elle rosit de plaisir à ces mots.

Ma nouvelle collaboratrice continue de consulter la presse de l'époque, dans le cadre de mes investigations pour mon prochain roman.

Elle tombe un peu par hasard sur la disparition mystérieuse du fils de La Flandrière. L'accident de chasse mortel du père lui revient alors immédiatement à l'esprit et elle m'en fait part.

Peut-être parce que j'ai écrit beaucoup de suspenses, je ne crois pas trop aux coïncidences. Les disparitions des deux hommes me semblent immédiatement suspectes. Mon instinct ne me trompe que rarement, et là, il est en alerte rouge.

Je cherche des idées pour un nouveau livre, je vais pouvoir faire mieux que cela : résoudre une vraie énigme. Cette perspective m'excite véritablement. Je sens que la jeune femme est dans le même état d'esprit que moi et cela me fait très plaisir. Je me rends compte qu'Emma est très intelligente et investie dans ses recherches.

Je lui demande d'essayer de localiser des témoins de l'époque, en particulier Adeline. J'espère qu'elle est restée dans la région. La jeune femme met un peu de temps à la retrouver, car l'ex-madame Portman a repris son nom de jeune fille et s'appelle désormais Adeline Mercier. Elle est toujours couturière dans la rue Saint-Hilaire à Nogent.

Je vais la rencontrer dans son magasin, un peu intimidée. Je ne peux m'empêcher de la comparer à la photo d'elle que j'ai pu voir dans les journaux lors de la disparition de Jacques. Elle reste encore très belle, même si les années sont passées. Je comprends qu'elle ait pu déchaîner les passions en son temps. Je n'ose croire qu'elle acceptera de me parler. J'ai raison de m'inquiéter, car dès que je lui explique les motifs de ma visite, son visage se ferme et elle devient méfiante.

— Pourquoi souhaitez-vous exhumer cette vieille affaire ? Je ne veux pas que la presse s'acharne encore comme à l'époque. J'ai tout mis en œuvre pour qu'on m'oublie et je veux que cela dure.

Je fais preuve de tact et de délicatesse pour lui préciser pourquoi je me tiens en face d'elle.

— Je ne vais pas écrire un article pour un magazine. Je suis juste romancière, pas journaliste. J'habite dans la maison où vous avez vécu. J'éprouve le besoin de comprendre l'histoire du Moulin. D'autre part, l'affaire à laquelle vous avez été mêlée a rencontré un très fort retentissement médiatique et je souhaite m'en inspirer pour mon prochain roman qui se déroulera dans la région.

Mon interlocutrice se raidit. J'anticipe sa crainte.

— Il ne s'agit pas d'écrire une biographie ou encore de vous citer. Je suis juste intriguée par votre histoire. La disparition de Jacques de La Flandrière n'a jamais été résolue et elle est arrivée après la mort des plus violentes de son père. Je ne peux pas m'empêcher de croire que les deux événements sont liés. Cela ne vous intéresserait pas de savoir ce qu'est devenu votre amant ?

J'argumente encore un peu. Je tente de la rassurer. Mais je me rends compte que je n'obtiendrai rien d'elle. Elle ne me connaît pas, elle ne m'accorde pas sa confiance. Je repars très frustrée. Je m'en veux, j'ai été trop directe. J'aurais dû rester plus subtile, ne pas aborder le sujet tout de suite avec elle, revenir la voir plusieurs fois avant de me lancer. Elle est maintenant braquée et même si je lui ai laissé ma carte, je ne conserve guère d'espoir qu'elle me rappelle un jour pour me renseigner.

Pessimiste, j'ai eu tort. Quelques jours plus tard, alors que je prends tranquillement mon petit-déjeuner, le téléphone sonne et Adeline me demande si je peux la retrouver dans un café sur la place Saint-Pol. J'accepte de la voir immédiatement.

Une trentaine de minutes plus tard, nous nous installons dans un endroit calme du café. À peine nos thés servis, elle m'avoue qu'elle dort très mal depuis notre conversation :

— Vous avez réveillé des souvenirs que, depuis des années, je prends soin d'enfouir très profondément en moi. Je me refusais jusqu'alors de les évoquer. Mais maintenant qu'ils reviennent, ma vie est devenue un enfer. Vous m'avez dit que si je vous racontais ce que je savais, peut-être que nous apprendrions la vérité. Je n'y crois plus, mais en même temps, s'il existe une infime possibilité pour que vous y parveniez, je ne peux pas me permettre de laisser passer cette chance…

Elle me relate dans le détail comment elle a vécu la disparition de son amant :

— J'ai rêvé de comprendre ce qui était réellement arrivé. Je savais pertinemment qu'il n'avait pas décidé de changer de vie et qu'il se trouvait en grand danger. Cela a été un drame pour moi, car, au début, je ne pouvais rien montrer. Je n'avais aucune raison d'être affectée par la volatilisation d'un avocat que j'avais consulté deux fois avec Steven. Je ne pouvais expliquer à personne que Jacques était mort – j'ai toujours été persuadée qu'il avait été assassiné.

Chaque jour, je me levais et je me conduisais comme si tout allait bien alors que mon amant avait connu une fin que j'imaginais horrible. Je pleurais toutes les nuits quand mon mari dormait. Si mon fils n'avait pas été là, je me serais jetée d'un pont.

Je l'écoute sans l'interrompre. Elle n'attend pas de réponse de ma part et poursuit sur sa lancée. Elle m'apprend un tas de choses intéressantes. Elle m'avoue que Philippe est le fils de Jacques :

— Je vous raconte ça, parce que si vous posez des questions autour de vous, tout le monde le sait parfaitement. Même si cela peut paraître étrange dans ce contexte, sachez que mon enfant ne connaît pas l'identité de son père biologique. Je ne sais pas combien de temps cela va durer, car pour les gens de la région d'un certain âge qui ont vécu la disparition de Jacques, c'est de notoriété publique.

Elle semble se libérer d'un passé qu'elle a toujours gardé pour elle. Et là, soudain, je prends conscience de quelque chose de très important qui m'a jusqu'alors échappé. Je blêmis, je sens mes jambes trembler. Je cherche à dissimuler mon malaise à Adeline. Une pensée lancinante m'obsède. Je viens de réaliser que la personne qui m'a trouvé le Moulin n'est autre que le fils d'Adeline et Steven : Philippe Portman. Mes mains deviennent moites. Pour quelqu'un qui ne croit pas aux coïncidences, je suis gâtée ! Je n'imagine pas un seul instant qu'il s'agisse d'un hasard. Mon ami restaurateur me parlait toujours d'un Philippe sans me donner son nom de famille et je n'avais donc pas fait le lien entre les deux hommes. Mais maintenant, tout s'éclaire. Philippe connaissait bien la maison, m'avait-il dit, Philippe a toujours vécu dans la région, Philippe va souvent chez sa mère à Nogent…

16

Le fond du puits

1992

Mais je ne suis qu'au début de mes surprises. Je laisse Emma avancer seule dans ses recherches. Pendant ce temps-là, j'engage des artisans pour effectuer des travaux dans mon jardin afin de l'aménager. Les beaux jours sont passés, j'en profite moins et je ne serai pas trop gênée par sa mise en chantier. Il est prévu de consolider le puits dans un piteux état et de reconstruire la roue du moulin qui n'existe plus.

Cela va faire un peu de bruit et je propose à Emma de partir consulter les archives départementales d'Alençon pour la journée.

Les ouvriers attaquent par le puits. L'entrée de celui-ci est condamnée par une épaisse plaque en acier inoxydable. Une fois qu'ils l'ont enlevée, ils l'inspectent et dans le fond, ils découvrent un objet des plus macabres. Dans une quarantaine de centimètres d'eau, ils récupèrent un sac en plastique. Prévenue, je leur demande de ne toucher à rien et j'appelle les gendarmes. Je crains le pire et je n'ai pas tort.

Le sac en plastique, épais et étanche, est remonté, puis ouvert. À la stupéfaction générale, les enquêteurs trouvent un cadavre réduit à l'état de squelette auquel il manque les bras et les jambes qui ont manifestement été volontairement découpés. L'identité du mort est rapidement établie. Le corps porte encore ses habits et une chaîne avec deux prénoms gravés : ceux de Jacques et d'Adeline. Les vêtements semblent identiques à ceux dont le signalement a été donné le jour de la disparition de l'avocat.

Le juge Verrier est immédiatement appelé. Je trouve l'homme charmant. Âgé de 69 ans, il se rapproche de la retraite qu'il compte prendre dans six mois parce qu'il atteint la limite d'âge pour exercer sa fonction. Il se serait écouté, il n'aurait jamais envisagé de s'arrêter tant il aimait ce qu'il faisait. Il se demande bien ce qu'il va pouvoir faire pour occuper ses journées dans les mois à venir.

Son allure n'a pas changé depuis la disparition de Jacques et il ressemble aux photos publiées plus de vingt ans auparavant. Il possède juste davantage de cheveux gris-blanc un peu plus clairsemés encore qu'à l'époque et quelques rides d'expression. Son air est satisfait, il m'explique pourquoi :

— Plusieurs affaires que j'ai traitées n'ont jamais été résolues et j'allais finir ma carrière avec une vraie frustration. Les plus importantes restent celles des morts du fils et du père de La Flandrière et des mésaventures des Portman. Or je viens de retrouver le corps de Jacques de La Flandrière chez les Portman ! Il y a un lien concret entre ces deux histoires. Je n'y croyais plus. À six mois de la retraite, il s'agit d'un miracle !

Je l'invite à prendre le thé. Il accepte avec plaisir. Confortablement installés dans le salon où l'un des premiers feux de bois de la saison crépite, nous devisons sur nos métiers respectifs présentant certains points communs, pendant que le cadavre est emporté sous une pluie battante à la morgue. Le contraste entre les deux scènes est saisissant. Je passe un moment délicieux et j'apprends à connaître ce veuf très cultivé. Lorsqu'il repart, je sais désormais qu'il s'appelle Jean et que nous allons nous revoir.

L'autopsie révèle des fractures à la tête, mais l'état de décomposition du corps est tel qu'il apparaît difficile de déceler s'il s'agit de coups reçus par un objet contondant ou s'il s'est cogné lorsqu'on l'a jeté sur les pierres qui tapissent le fond du puits. Je suis persuadée qu'il y a un peu des deux. Mais, plus important, le légiste voit nettement qu'une balle a traversé le crâne du cadavre et une autre l'épaule droite. Le décès a été instantané. Les deux projectiles, en revanche, ne sont pas retrouvés.

Si l'information paraît dans la une de la presse locale et fait même l'objet d'une brève dans le journal télévisé national de l'heure du déjeuner, l'enquête s'arrête logiquement puisqu'il n'est plus possible de juger le crime. Le meurtre remonte à vingt-deux ans, l'affaire est donc prescrite.

Le dossier de cette histoire ne sera pas rouvert, mais moi, je me pose de multiples questions : pourquoi le corps s'est-il retrouvé dans le puits du Moulin ? Adeline ou Steven ont-ils tué l'avocat ? Que sont devenus ses membres et pourquoi les a-t-on découpés ? Pourquoi l'a-t-on abattu ?

Dès son retour, Emma ressort une nouvelle fois la presse de 1970. On parle beaucoup de la disparition de Jacques et des révélations associées. On parle également d'Adeline, la traîtresse qui a trompé son pauvre mari pour aller folâtrer avec le jeune avocat. Les propos de l'époque ne sont pas tendres. Le point de vue est clairement du côté du mari bafoué : on oublie son alcoolisme, sa jalousie maladive et sa mésentente avec les villageois, pour relater la suite de malheurs auxquels il doit faire face. Je relis aussi attentivement les articles sur l'assèchement du ru, la mort des bêtes empoisonnées à l'AVK puis l'incendie de sa grange. Cela me paraît de plus en plus bizarre.

J'acquiers la certitude que tous ces événements sont liés. Je reste également persuadée que Steven n'a pas participé à l'assassinat de Jacques. Emma pense, comme moi, qu'il est arrivé aux deux amants trop de catastrophes en peu de temps pour que le hasard soit seul en cause.

Nous passons de longues soirées à discuter de nos hypothèses et nous cherchons l'élément commun entre toutes ces histoires, sans le trouver faute de mobiles.

Emma est très curieuse à mon égard et me pose de nombreuses questions sur ma carrière d'écrivain, ma vie et le processus de la création. J'y réponds avec plaisir, heureuse de partager un peu mon savoir avec elle. J'imagine qu'elle est un peu la fille que je n'ai jamais eue. Elle se confie à moi et j'apprends qu'elle a fait de l'archéologie un peu en réaction au parcours de son père fondateur d'une société dans l'agroalimentaire biologique qui possède maintenant 30 000 salariés partout dans le monde et de ses deux frères aînés qui ont fait HEC et entament une brillante carrière dans l'entreprise de leur père.

— Je suis la petite dernière, arrivée sur le tard, un peu par surprise. Du coup, mes parents m'ont laissé beaucoup de libertés. Ils avaient moins d'attentes pour moi qu'ils en avaient eues pour mes frères. J'ai pu suivre la voie que je souhaitais et je n'ai surtout pas voulu reproduire le parcours de mes frères. Je fais du yoga, du chant, je lis des romans à l'eau de rose et pas des traités sur l'économie. Je suis passionnée d'entomologie au point où j'ai hésité entre cette voie et l'archéologie. Les insectes et en particulier les abeilles me passionnent. Comme vous le voyez, je suis loin des préoccupations industrielles et financières qui animent la famille.

17

L'interrogatoire de Jeanne

1992

Je décide d'aller plus loin. Qu'est-ce qu'Adeline m'a appris sur le devenir des témoins de l'époque ? J'ai eu de la chance, elle a accepté de me parler des autres sans difficulté.

Son ex-mari, Steven, a disparu de la circulation dès son retour en Angleterre après leur séparation. Leur divorce s'est conclu par le biais d'avocats. Il lui a versé de l'argent jusqu'aux 18 ans de Philippe. Elle a ensuite su qu'il était décédé dans un accident de voiture en 1988, contactée pour des questions d'héritage liées à Philippe qu'il avait toujours reconnu comme son fils, même s'il ne s'en était jamais occupé.

La couturière possède d'autres informations pour moi. En tant que commerçante installée depuis longtemps et appréciée, elle connaît tous les événements et cancans de la région.

J'apprends que René Dutour, le mari de Jeanne, est mort, il y a cinq ans, d'une crise cardiaque en jouant au golf. Certains terrains dans la région sont particulièrement accidentés. Ce jour-là, au Golf du Perche, il n'y avait plus de voiturette de disponible. Au fil des années et des déjeuners d'affaires, il a grossi et atteint les cent kilos bien tassés. Il fait chaud. Le chef d'entreprise, avec un client, commence son parcours à 11 h 30 du matin. En plein soleil, en sueur, il est pris d'un malaise et tombe à terre. Il se trouve alors au trou numéro 11, très éloigné du club-house. Le voyant perdre connaissance, son accompagnateur, qui n'a pas suivi de formation de secouriste, panique et part, en hurlant, chercher de l'aide. Les pompiers arriveront trop tard pour le réanimer.

Jeanne, quant à elle, vit toujours. Après quelques mois de deuil et le temps de régler l'héritage, elle a revendu à des Japonais le château de la Bourdonnière, ruineux à entretenir et beaucoup trop grand, pour pouvoir s'installer dans le charmant manoir de Plessant à Trizay, village situé entre Souancé et Nogent. L'endroit, restauré, a fière allure avec une belle tour et son toit pentu. Il est de petite taille par rapport à d'autres demeures de la région, ce qui convient parfaitement à la veuve qui n'a pas besoin de beaucoup d'espace, ayant finalement abandonné toute velléité de créer des chambres d'hôtes, activité vraiment trop contraignante à son goût. Elle profite maintenant tranquillement de l'existence avec l'héritage conséquent de son mari.

Je la contacte prétextant des recherches en cours pour mon prochain livre, un policier historique.

Son manoir est classé au patrimoine et on peut visiter l'intérieur sur rendez-vous. Je joue donc à la touriste et, comme je l'escomptais, me retrouve avec comme guide la propriétaire des lieux. Âgée maintenant de 57 ans, Jeanne est très bien habillée et coiffée avec soin. Elle s'occupe d'elle. Elle doit pratiquer du sport en salle.

Maquillée, elle prend plaisir à me recevoir. Elle semble très contente de me montrer les monumentales cheminées, les belles pièces, les décors d'époque conservés. Je me retrouve seule avec elle, un jour de semaine. Nous ne sommes pas pressées : tout comme moi, Jeanne n'est pas débordée. Nous sympathisons : mon métier d'écrivain éveille sa curiosité et elle me propose un thé dans sa véranda chauffée et très fleurie.

Nous abordons enfin le sujet de ma visite. Dès que je lui parle des drames qui sont arrivés dans sa famille, elle se renferme.

— Pourquoi me posez-vous toutes ces questions ?

Je ressors la même argumentation qui a bien marché avec Adeline.

— Vous n'avez pas envie de comprendre qui a voulu la mort de votre père et de votre frère ?

Elle pâlit légèrement quand je prononce ces derniers mots. Ses lèvres se pincent. Ces événements restent-ils si douloureux des années plus tard pour qu'elle ne puisse cacher ses émotions ? Je lui laisse le temps de se reprendre.

— Je n'ai pas envie de reparler de tout cela. Vous remuez la boue pour finalement pas grand-chose. Nous ne connaîtrons jamais la vérité, les affaires sont prescrites. Y repenser, c'est juste se faire du mal pour rien. Je suis désolée de ne pouvoir vous donner les renseignements que vous cherchez. De toute façon, je ne sais rien dont vous n'êtes pas déjà au courant. Quand mon père est mort, je n'habitais plus chez lui et quand mon frère a disparu, la police m'a innocentée. Vous imaginez bien que j'aurais aidé la justice si j'avais eu des doutes ou des informations.

Je saisis tout de suite qu'elle en sait beaucoup plus qu'elle ne l'avoue. Voyant qu'elle ne m'en dirait pas plus, je change de sujet et nous parlons jardinage. Passionnée de plantes, elle possède un superbe terrain. Elle me guide dans une visite des plus intéressantes, même si la saison n'est pas la plus favorable. Je repars sans en savoir davantage, mais avec la certitude qu'elle me cache la vérité. Je me promets de revenir, après tout, nous possédons une passion en commun : les fleurs.

18

Les aveux de Jeanne

1965

Après l'enterrement de Gaston, tous les invités furent conviés à lever leur verre à la mémoire du défunt dans la salle communale réservée pour l'occasion. Jeanne réalisait petit à petit que son père était mort et ressentait un vrai soulagement. Le poids qu'elle traînait depuis des années était en train de disparaître. Elle ne se serait pas querellée avec son frère quelques jours auparavant, elle aurait presque été contente.

Elle but plus que de raison pour oublier sa dispute, ses années difficiles avec lui. Elle but pour ne pas être contaminée par cette tristesse qui l'envahissait à chaque enterrement. Elle regarda sa mère et constata qu'elle restait calme, habillée de noir, très digne. Marie trouvait le mot juste pour chaque personne qui lui présentait ses condoléances. Il y avait du monde, d'une part parce que les familles du couple vivaient dans la région depuis plusieurs générations et d'autre part, parce que gentille et appréciée, Marie œuvrait dans le bénévolat.

Certes, la mort de son mari ne la désespérait pas, mais elle signifiait un fort changement forcément déstabilisant après toutes ces années de vie commune.

Jacques, quant à lui, affectait une certaine tristesse de circonstance, mais il attendait avec impatience que tout se termine. Elle étouffa un élan de pitié envers lui. Elle pouvait comprendre ses arguments même si pour autant elle ne les acceptait pas. Elle avait envie de faire la paix avec lui, mais aussi de lui montrer qu'elle avait réussi à se débarrasser du Vieux, contrairement à lui, qui se plaignait tout le temps, mais n'agissait pas pour que sa situation change. Elle voulait casser l'image un peu lisse et insignifiante que son frère avait d'elle.

Elle but encore quelques verres d'alcool pour se donner du courage, elle redoutait un peu la réaction de Jacques qui pouvait être rancunier.

Tous les invités partirent les uns après les autres. Marie semblait très fatiguée, ses deux enfants lui proposèrent de rentrer et de ranger la salle sans elle. Jeanne attendait ce moment avec impatience. Dès qu'ils se retrouvèrent seuls, elle alla tout de suite vers son frère :

— Jacques, je suis désolée pour ce que j'ai dit. J'ai réagi sous le choc de la mort du Vieux et de la découverte du magot. Je ne suis pas toujours d'accord avec toi, mais pour autant, je n'ai pas à juger ta façon de vivre. Tu es ma seule famille avec maman et je ne souhaite pas me fâcher avec toi.

Jacques regarda, pensif, sa sœur manifestement ivre, lui proposer de déposer les armes. Elle n'était pas aussi complaisante d'habitude. Elle avait envie de parler. Il entretint la conversation. Curieux, il voulut savoir ce qu'elle avait à lui dire.

— Tu as raison, nous devons nous serrer les coudes. La famille, c'est fondamental. On doit discuter et se pardonner. Si tu ne me juges pas et moi non plus, tout se passera bien.

Jeanne se resservit un verre de vin blanc. Elle le huma. Une larme coula sur sa joue.

— Il faut que je t'avoue quelque chose qui me pèse terriblement.

Jacques était loin d'imaginer ce que Jeanne allait lui révéler. Il laissa un silence s'installer pensant que cela favoriserait les confidences, mais elle hésitait. Il l'aida.

— Oui ?
— Je sais exactement ce qui s'est passé.

— Pardon ?

— Oui, je sais exactement comment papa est mort.

— Oui, moi aussi. D'un accident de chasse. On lui a tiré dessus par erreur. Après tout, il n'avait pas mis une veste très visible. Il l'a un peu cherché, non ?

Elle prit une longue inspiration.

— Il n'est pas mort accidentellement. Il a été tué.

L'avocat hoqueta de surprise. Oui, il avait trouvé bizarre l'accident de chasse. Oui, l'enquête avançait un peu mollement, plus par obligation qu'autre chose. Ce décès ne faisait pleurer personne et les accidents de chasse restaient certes rares, mais pouvaient arriver.

Les gendarmes les avaient déjà prévenus, l'affaire allait être rapidement classée.

— Pourquoi dis-tu cela ?

— Parce que je connais celui qui l'a abattu.

Jacques ne put cacher sa stupéfaction.

— Quoi ?

— Je ne le supportais plus. Je n'étais pas la seule. Maman et toi ne souhaitiez qu'une chose : qu'il meure ! J'ai juste mis en œuvre ce qu'il fallait pour que cela se produise.

Jacques regardait sa sœur, les yeux écarquillés.

— C'est toi qui l'as tué ?

— Non. René.

— René ?

— Oui, René.

— Mais pourquoi ? Tu ne vivais plus au manoir. Tu ne le voyais même plus. En quoi cela te concernait-il ?

Jeanne prit le temps de se resservir un verre. L'alcool la détendait, elle se sentait de mieux en mieux, une douce euphorie l'envahissait. Se confier à son frère semblait une très bonne idée. Ce dernier ne pourrait qu'approuver tout ce qu'elle avait fait et enfin la reconnaître à sa juste valeur.

— Il m'en a fait baver pendant des années et là, il s'en prenait à maman. Il la battait. Je ne peux pas croire que tu ne t'en rendais pas compte.

Elle le regarda. Il semblait mal à l'aise. Bien sûr qu'il savait, mais il n'avait jamais trouvé le courage d'aider sa mère. Elle choisit de ne pas approfondir ce sujet et poursuivit :

— Maman a essayé à plusieurs reprises de l'empoisonner et de lui jeter des sorts, mais le Vieux semblait comme immunisé. Elle souffrait terriblement. Elle va enfin pouvoir commencer à vivre.

— Sait-elle que René a tué le Vieux ?

— Non, je ne pense pas.

Sa mère savait tout, mais restant un peu méfiante, elle ne l'avoua pas à Jacques.

— Tu as voulu te venger de tout le mal qu'il vous a causé à toutes les deux ?

— Oui et à toi aussi. Ce tyran nous frappait, nous déconsidérait et semblait parti pour vivre centenaire. Cela ne pouvait pas durer plus longtemps. J'ai réussi à m'échapper de la maison, mais maman ne le pouvait pas, sous peine de tout perdre. Il fallait qu'elle puisse profiter un peu de la vie. Si cela avait continué, il nous aurait tous enterrés.

— Pourquoi René a-t-il accepté de le tuer ?

— À la suite de la fameuse soirée de Noël où René a dû me défendre, il a développé une aversion pour le Vieux. Sentiment qui s'est accentué lorsque je lui ai expliqué nos enfances sous son joug. À l'époque, Gaston l'a menacé, il lui a dit qu'il allait le payer. Tu n'en as pas été informé, mais il a tenu sa promesse.

— Qu'est-ce qu'il a manigancé ?

— Il a essayé de lui nuire. Comme tu le sais, René possède une entreprise florissante de matériel agricole. Le Vieux connaît du monde. Il a commencé à le discréditer dans la profession, racontant des énormités sur lui. René est bien vu et des paysans lui ont rapporté que le Vieux déblatérait. Cela l'a agacé au plus haut point, car il a compris enfin pourquoi, certains renouvellements de contrats de maintenance traînaient ou certaines négociations n'aboutissaient pas. Le Vieux essayait de liguer beaucoup de monde contre lui et de lui faire perdre de l'argent, ce qui n'était tout simplement pas acceptable. Lui aussi se mit à médire. Quand on lui rapportait les calomnies du Vieux, il rétorquait qu'il ne fallait pas lui en vouloir, qu'avec l'âge, il perdait sa tête et qu'il faisait une fixation sur lui pour se venger de sa fille qui était partie. Les paysans avaient plus confiance en lui que dans le Vieux. Petit à petit, il récupéra les contrats qu'il avait perdus. Mais il n'oublia pas.

— Est-il rancunier ?

— C'est peu de le dire. Il jura de prendre sa revanche. Un soir, je lui racontais les malheurs de maman à qui il ne laissait aucun argent, qui ne possédait pas de voiture pour bouger la journée et qui s'était fait battre une nouvelle fois la veille après son retour d'une beuverie. J'en pleurais. Je lui expliquais que maman avait des marques de coups sur le corps et le visage, qu'elle ne se décidait pas à porter plainte, que je l'avais suppliée de le quitter sans succès. Les choses allaient en s'aggravant.

Jacques s'agita un peu à ses mots et voulut se justifier :

— Je n'ai rien vu de spécial…

Elle fit mine de le croire.

— Je sais. Il attendait toujours que tu sois parti pour s'en prendre à elle. Elle n'osait pas t'en parler, ayant peur de ta réaction. Ce soir-là, j'ai avoué à René que mon seul souhait était que mon père meure et il m'a alors répondu : pourquoi pas ? Après un mouvement de recul qui n'a duré que quelques instants et des protestations d'usage, je me suis rangée à ses arguments…

19
Philippe

1992

J'ai toujours en tête des coïncidences qui me tracassent et je veux les comprendre. Maintenant âgé de 22 ans, Philippe, l'enfant adultère d'Adeline, a grandi. L'ami que j'avais appelé pour qu'il me cherche une demeure ancienne à restaurer s'est trouvé en relation avec Philippe. Au départ, je n'avais pas réalisé que ce Philippe-là était le fils Portman. Il a parlé du Moulin à mon contact. Quelles informations possède-t-il exactement ? Je ne peux pas croire à un hasard. Pour moi, Philippe sait que j'écris des romans policiers et il attend de moi des réponses. Sinon il ne m'aurait pas conseillé la propriété dans laquelle il était né et où des drames se sont déroulés. Je veux savoir ce qui l'a motivé. Le plus simple est de lui poser directement la question. La présence d'Emma tombe bien, car elle a à peu près le même âge que lui, elle va me servir d'alibi.

Je rappelle Adeline pour qu'elle m'explique ce qu'est devenu son fils. J'apprends qu'il étudie la biologie à la faculté d'Orléans. Il a pris une chambre sur place et rentre chaque week-end à la maison.

— Aucun problème pour vous donner ses coordonnées, mais je peux vous demander pourquoi vous souhaitez le rencontrer ?

— Je ne sais pas si vous êtes au courant, mais j'ai une jeune femme, Emma Latour, du même âge que votre fils qui m'aide à trouver de la documentation sur mon prochain roman et je souhaite qu'elle se fasse quelques amis dans la région. Elle ne connaît pas grand monde pour le moment.

— Non, je ne savais pas. Très bonne idée. Il pourra la sortir un peu et lui présenter ses amis.

— Merci beaucoup.

J'hésite à être honnête. Comment va-t-elle réagir quand je vais lui annoncer la vraie raison de mon appel ? Je décide de lui avouer la vérité.

Je trouve cette femme sympathique et je ne veux pas la prendre par surprise.

— Je souhaite également en profiter pour le remercier de vive voix, car il m'a permis d'acheter le Moulin.

Adeline tique :

— Comme cela, Philippe vous a permis d'acheter le Moulin ?

— Oui, vous ne le saviez pas ?

— Non. Comment cela s'est-il passé ?

— Je voulais prendre ma retraite au calme. J'avais découvert le Perche et trouvé la région charmante. J'avais donc envie de m'y installer. Je connaissais quelqu'un sur Nogent-le-Rotrou. Je l'ai contacté pour lui faire part de mon souhait et je lui ai demandé s'il pouvait me donner un coup de main pour trouver un bien dans les environs.

— Je peux vous poser une question ?

Je ne dis rien. Elle poursuit.

— De qui parlez-vous ?

— Il s'agit de François d'Esclard.

Un grand blanc s'installe. Je l'interroge :

— Vous le connaissez ?

Elle ne me répond toujours pas. Je précise :

— Il travaille dans le milieu littéraire.

— Oui, je vois bien de qui vous parlez. Il a 30 ans. C'est l'ami de mon fils.

— L'ami de votre fils ? Voulez-vous dire qu'ils vivent ensemble ?

Elle opine de la tête.

— Le monde est petit, n'est-ce pas ?

Elle prend un air pensif.

— En effet. J'aimerais bien comprendre pourquoi il a fait cela.

— Moi aussi.

La couturière pèse le pour et le contre et prend sa décision.

— Je vous propose de venir, dans quinze jours, pendant les vacances scolaires. Il arrivera un peu avant Noël. Vous viendrez déjeuner à la maison avec Emma.

— Avec plaisir.

20

Le chantage

1966

René représentait tout ce que Jacques n'aimait pas : un nouveau riche, un égoïste, un capitaliste, un monsieur m'as-tu-vu avec son gros château et sa Cadillac Deville Cabriolet toute neuve importée des États-Unis et complètement inadaptée aux routes de campagne. L'entrepreneur n'avait jamais voulu l'aider alors qu'il disposait de beaucoup d'argent. Il sentait son mépris pour son métier, sa manière de vivre, le fait qu'il ne soit pas obnubilé par la rentabilité et l'accumulation des biens. Lui qui appartenait à une famille à particule pauvre et qui avait vu le Vieux peiner à entretenir son manoir possédé depuis des générations par les De La Flandrière, ne supportait pas son côté prétentieux. Quand Jeanne lui avoua que son mari avait tué son père avec sa complicité, il mit un certain temps à réaliser ce qu'elle venait de lui dire, tellement l'annonce semblait incroyable. Sa sœur avait manifestement un poids sur la conscience et l'alcool l'avait aidée à dépasser sa peur de se confier à quelqu'un. Il était vraiment étonné qu'elle soit passée à l'acte et qu'elle lui en ait parlé. Elle avait dû penser que son frère ne pourrait jamais les dénoncer.

À l'époque, il mit cette information dans un coin de sa tête. L'héritage venait d'arriver et il avait, en plus, touché sa part du magot. Ils revendirent à bon prix le manoir et il s'acheta dans le même immeuble que sa mère, un appartement. L'argent fut facile pour la première fois et il n'en avait pas l'habitude. Il changea son train de vie et travailla encore un peu moins.

Sans surprise, un an plus tard, il se retrouva de nouveau en difficultés financières. Alors il se souvint. Son riche beau-frère avait tué son père. L'occasion de faire d'une pierre deux coups se présentait enfin. Il pouvait se venger et s'assurer une source de revenus supplémentaires qui arriverait au bon moment. Il laissa l'idée mûrir doucement, s'imposer comme la bonne et unique solution à ses problèmes d'argent. Sa mère le nourrissait déjà, elle ne pouvait pas l'aider davantage. Il n'envisagea pas de travailler plus ayant juste repris le rythme qu'il avait avant d'hériter.

Sa rancune envers son beau-frère s'accrut de plus en plus. Il en voulait également à sa sœur, mais plus pour sa faiblesse devant son mari qu'autre chose. Il n'imagina pas un seul instant qu'elle était la première à refuser de l'entretenir. Il n'imagina pas que sa mère lui avait donné de fermes instructions pour qu'elle ne le fasse pas.

21

La mort de Gaston

1992

J'ai laissé à Jeanne ma carte de visite et j'ai eu une bonne idée. Elle l'a conservée. Quinze jours plus tard, elle se sent prête à me revoir et me recontacte. Elle vient de recevoir des variétés de rosiers très rares et elle se rappelle que j'ai planté une petite roseraie dans mon jardin. J'accepte immédiatement de la rencontrer, montrant un véritable engouement pour son nouvel achat. J'espère qu'il ne s'agit là que d'un prétexte et qu'elle va me faire des révélations.

Je me rends au manoir du Plessant, le lendemain, à l'heure du goûter. Le thé et les petits gâteaux m'attendent sur une jolie table ronde en fer, dans sa véranda. Nous sommes installées dans de confortables sièges en osier.

Le soleil brille même si les températures restent froides, tout prête à la rêverie, aux échanges tranquilles…

Tout bascule quand elle m'annonce après une longue tirade sur le terreau biologique :

— J'ai bien réfléchi après votre visite. Votre demande m'a tellement surprise sur le moment que je me suis braquée. Puis j'ai pris le temps de la reconsidérer. Vous avez fait ressurgir un passé que je croyais enterré. J'essaie depuis des années de me convaincre qu'il n'est rien arrivé, mais je porte un poids sur mes épaules. J'ai longuement discuté de notre entrevue, avec ma mère, Marie de La Flandrière, et nous sommes tombées d'accord toutes les deux pour vous confier ce que nous savons. Je vous conseille donc de la rencontrer pour qu'elle vous donne également sa version des faits. C'est l'heure de dire toute la vérité sur la disparition de mon père. Je me sens d'autant plus libre qu'il y a maintenant prescription et que les principaux acteurs de l'époque sont morts.

Mon cœur bat à tout rompre. Je voulais des révélations et visiblement je vais être servie. Elle poursuit :

— Nous ne vous connaissons pas et nous ne savons pas si nous pouvons vous faire confiance…

J'essaie de la rassurer, mais d'un geste, elle m'intime de me taire.

— Nous souhaitons que vous vous engagiez à ne jamais raconter à quiconque ce que nous vous dirons tant que nous vivrons toutes les deux. Vous pouvez, en revanche, écrire un roman librement inspiré de cette histoire, si vous en avez envie.

Jeanne me regarde fixement :

— Êtes-vous d'accord avec cela ?

J'opine de la tête. Elle me tend un papier. Je le parcours. La confiance ne règne pas, en effet. Il s'agit d'un contrat de confidentialité que je signe immédiatement sans émettre la moindre objection.

Et là, d'un seul coup, elle se met à me raconter comment avec son mari, elle en était arrivée à se dire que oui, ils pourraient tuer le Vieux. À l'époque, il ne s'agit que des mots, mais cela devient réel quand elle voit Marie un mois plus tard. Le Vieux l'a encore rouée de coups. Jacques semble ne s'apercevoir de rien.

Jeanne n'imagine pas un instant que son frère ne puisse pas se rendre compte de la situation et de l'état de désespérance dans lequel se trouve sa mère. Elle m'avoue :

— Je prends alors la décision de nous débarrasser du Vieux afin qu'il cesse de tuer maman à petit feu. J'ai beau l'exhorter à le quitter pour venir vivre au château avec nous, elle ne veut pas. Je ne la comprends pas. Elle n'arrête pas de me répéter : « je ne partirai pas, ce serait lui donner raison. Je préfère le tuer plutôt que de quitter les lieux. J'ai essayé à plusieurs reprises par des méthodes ancestrales de le rendre malade, mais il résiste à tout. Il va peut-être falloir que je passe à des actes plus radicaux et définitifs. »

Je me sens soulagée. Ma mère est mon alliée. Son aval m'importait. Je fais cela pour elle. Je lui explique que, moi aussi, je suis arrivée à la même conclusion avec René et que nous pouvons passer à l'action. Nous décidons de ne pas mettre Jacques dans la confidence, car son aveuglement nous laisse perplexes. Nous ne voulons prendre aucun risque.

22

Le récit de Jeanne

1965

Je suis rassurée. Je vais pouvoir passer à l'action avec la bénédiction de ma mère. Elle va même nous aider. Il faut juste attirer le Vieux dans un guet-apens. L'ouverture de la chasse sera l'occasion parfaite. René use de son influence pour que le Vieux ne soit invité nulle part. De toute façon, Gaston, de plus en plus irascible, est fui par ses amis et plus personne n'a envie de chasser avec lui. Mon mari ne rencontre guère de difficulté à convaincre ses interlocuteurs que l'ancien perd sa tête et que ce serait suicidaire de l'inviter à une battue.

Ensuite, il invite mon père à l'ouverture, en se faisant passer pour un membre de son club de chasse. Rendez-vous est pris dans une chasse gardée, pas loin de chez nous, dont il s'est assuré qu'elle ne sera pas utilisée ce jour-là. Le piège se referme. Le Vieux, qui ne se doute de rien, accepte l'invitation.

Le jour dit, mon père, comme souvent, a bu dès le matin et ma mère a mis un sédatif léger dans son vin. Il part à la chasse, énervé, et en retard, car Jacques vient de lui demander de l'argent afin de s'installer à Nogent. Dès qu'il est parti, ma mère m'appelle pour me prévenir.

René se rend sur le lieu du rendez-vous, comme s'il allait faire l'ouverture, et se met à l'affût, caché dans des buissons. Lorsque son ennemi arrive, il le dégomme comme il chasserait avec un chevreuil. Il tire très bien. Son arme est précise. Il lui met une seule balle dans la tête. Le bruit du tir se perd avec tous ceux qui ont lieu dans les environs. Gaston tombe au sol. René vérifie que son beau-père est bien mort sur le coup.

Rassuré et l'esprit tranquille, mon mari efface ensuite toutes les traces de son passage avant de repartir. Il se rend immédiatement à l'ouverture de la chasse à quelques kilomètres de là et participe à une battue.

Ma mère ne déclare pas tout de suite la disparition de mon père afin qu'il soit impossible de déterminer l'heure exacte de sa mort. Il n'y aura ainsi aucun alibi à fournir. Elle n'ira à la gendarmerie que le lendemain en fin de matinée. Il faudra cinq jours pour retrouver le corps. Comme prévu, impossible de dater précisément le décès, on sait juste qu'il a eu lieu dans la journée de l'ouverture de la chasse.

Impossible également de procéder à des relevés fiables sur la scène de crime, car il a plu à trois reprises avant qu'on ne le découvre. Impossible également de tester les armes des éventuels suspects puisqu'elles ont toutes servi à la chasse. Les connaissances scientifiques de l'époque ne permettent d'ailleurs pas beaucoup d'analyses et les indices restent inexistants.

Le corps est autopsié ce qui permet de découvrir – bien que cela ne soit une surprise pour personne – que Gaston était ivre au moment de son décès. On découvre même une fiole d'eau-de-vie dans la poche de sa veste.

Personne ne sait en revanche que René l'a glissée dans son vêtement après l'avoir tué pour accréditer la thèse d'un accident. Notre famille est soupçonnée, mais nous possédons tous des alibis pour cette journée-là. Je suis restée toute la journée à la maison et mes employés peuvent en témoigner. Ma mère est restée chez elle avec Jacques. René n'est pas mis en cause même s'il ne s'est pas rendu à la chasse toute la journée. Je ne comprends pas pourquoi. Les enquêteurs se demandent pourquoi Gaston se trouvait tout seul dans cette chasse gardée qui ne lui appartenait pas. Pourquoi ne se trouvait-il pas avec les autres chasseurs comme les autres années ? Les anciens de l'association répondent juste qu'il perdait sa tête et était devenu trop vieux pour pouvoir chasser. Ils confirment tous qu'il n'avait pas été invité à l'ouverture de la chasse. Aucun ne précise que c'est René qui leur a soufflé de ne pas le faire. Je n'ai jamais su pourquoi non plus. Je sais, en revanche, que la mort de mon père ne les attriste pas. Ont-ils éprouvé la volonté consciente de protéger mon mari des questions des enquêteurs ou pas ? Mystère.

Les enquêteurs ont des sujets plus importants à traiter et l'affaire est rapidement classée faute de preuves ou de suspects. Ils concluent qu'il a pris une balle accidentelle et que le chasseur, qui l'a tirée, ne s'est même pas rendu compte de ce qui s'était passé. En effet, peut-être parce qu'il était sorti de chez lui en colère, il n'avait pas mis sur lui un gilet d'une couleur bien visible en forêt, comme il aurait dû logiquement le faire.

23

Les aveux de Jeanne

1992

Je ramène doucement Jeanne à la réalité.
— Pourquoi me dites-vous cela ? C'est grave !
— Je ne risque rien. Les faits sont prescrits depuis sept ans maintenant. Je n'aurais jamais rien avoué avant. Je suis complice. De plus, le meurtrier est mort depuis cinq ans.
— Oui. Mais, votre mère vit toujours, elle.
— Maman n'a fait que me donner un coup de main en me prévenant par téléphone au moment où mon père est parti de la maison. Presque centenaire, elle veut qu'on dise la vérité. J'imagine qu'avant de nous quitter, elle souhaite libérer sa conscience.
Je réalise alors que, maintenant, je me retrouve détentrice de leurs histoires et que cela va peser sur ma conscience. Elle continue :
— Il n'y a plus d'enjeux. Quant à moi, j'avais réussi à enfouir ce sale secret dans les tréfonds de mon âme et vous avez tout réveillé. Je n'arrive plus à dormir. J'ai participé à un crime et même si le Vieux était vraiment terrible, d'autres solutions existaient peut-être. La justice aurait-elle pu agir ? Ou les médecins ? Ils auraient pu convaincre maman de le quitter…

— La situation n'était pas simple. Il mettait la vie de votre mère en danger. Savez-vous ce qui s'est passé pour la disparition de Jacques ?

Un silence gêné envahit les lieux. Je déguste lentement mon thé qui est devenu froid pour me donner une contenance. Je souhaite lui laisser le temps de répondre. Après un moment qui me semble très long, elle reprend la parole :

— Je me suis toujours doutée qu'il n'était pas mort naturellement. Il extorquait de grosses sommes à mon mari parce qu'il avait appris qu'il avait tué notre père. René ne gérait pas bien la situation. J'en voulais beaucoup à mon frère de mal se conduire. Je réprouvais son attitude. Mais je ne souhaitais pas qu'il lui arrive malheur. J'ai toujours ressenti de l'affection pour lui, car nous avons passé des moments affreux pendant notre enfance tous les deux. Cela peut expliquer ma faiblesse. D'une part, j'ai laissé Jacques plumer René à plusieurs reprises sans intervenir et d'autre part, je n'ai jamais eu le courage d'aborder le sujet avec lui. Nous nous sommes comportés comme si j'ignorais ce qui se passait. Ma mère a procédé de même avec Jacques et moi, alors que j'ai appris après la disparition de Jacques qu'elle savait tout.

— Que s'est-il passé, d'après vous ?

— Je ne sais pas exactement. J'imagine que mon mari a joué un rôle actif dans sa disparition. Il ne supportait plus que Jacques le considère comme sa banque. Mon frère n'éprouvait aucun scrupule. Il le faisait payer et le laissait tranquille jusqu'à ce qu'il ait besoin à nouveau d'argent. Je m'en veux beaucoup même si j'ai interdit à René de s'en prendre à lui. À sa disparition, j'ai d'abord songé à un accident. Puis quand on a retrouvé sa voiture entre chez lui et chez nous, j'ai su tout de suite qu'il était mort et que mon mari y était pour quelque chose. Sans aucune preuve de ce que j'avance, je n'ai parlé de mes doutes à personne, ne souhaitant pas remettre en question ma vie confortable d'alors. Tout le monde a cherché longtemps, mais personne n'a réussi à trouver la moindre piste. Pas de témoin, pas d'indices dans le véhicule, pas de cadavre. Comme pour mon père, le temps entre le moment où il est mort et celui où la police a été prévenue de sa disparition a joué en faveur du meurtrier. La voiture n'a été repérée que deux jours plus tard et le corps 22 ans après. Lorsqu'il a été retrouvé dans votre puits sans les jambes et les bras, je me suis sentie très mal pendant plusieurs jours. Je trouvais cela ignoble. Comment une personne pouvait-elle en tuer une autre, puis la couper en morceaux ? Et pourquoi ? Imaginer mon propre mari tuer à deux reprises et dépecer un cadavre... Quelle horreur ! Finalement, je vous raconte cela, mais j'ai peut-être tort, il n'y est peut-être pour rien...

— Comment votre mère avait-elle appris le chantage de Jacques ?

— Je lui en avais parlé. Elle m'avait répondu qu'elle était désolée pour moi, mais qu'elle ne voyait pas comment elle pouvait m'aider. Je crois qu'elle m'en voulait vraiment d'avoir donné prise à Jacques en ne tenant pas ma langue. Je ne pense pas qu'elle ait agi d'une manière ou d'une autre pour le raisonner. En tout cas, si elle a tenté de lui faire entendre raison, elle ne m'en a rien dit.

Je ne lui réponds pas, la laissant dans ses pensées. Je suis maintenant convaincue de la double culpabilité de son mari. Je la quitte quelques instants après, un peu mal à l'aise d'avoir réveillé toutes ces vieilles histoires.

Quand j'arrive au Moulin, je tente de me détendre, mais je n'y arrive pas et rumine en silence. Ai-je le droit pour des raisons finalement assez égoïstes au départ – trouver une idée de roman – de perturber la vie des autres ? Je suis excitée à l'idée de résoudre des affaires criminelles qui n'ont jamais été élucidées, mais je réalise que ce n'est pas un jeu et que je mets en cause d'autres personnes.

Vers 19 h 30, Emma me rejoint. Je lui propose de prendre un verre de vin, ce qu'elle accepte. En dégustant un très bon

Chianti, je lui raconte ma discussion avec Jeanne. Nos conversations sont toujours agréables.

— Je me demande si je fais bien de persister dans cette voie.

— Contrairement à toi, je n'ai aucun doute. Tu en sais trop pour arrêter. En tout cas, je suis maintenant au courant de trop de choses pour tomber dans le déni et faire comme si rien n'était arrivé. Il y a des gens qui en ont gros sur la conscience et des morts qui se retournent dans leur tombe. Tu n'as pas eu de chance de tomber sur ces meurtres, mais maintenant, il faut faire avec.

— Tu n'as pas peur de blesser certaines personnes ? De réveiller de sales histoires ?

— Tant que tu as ta conscience pour toi... Cela peut être douloureux d'en parler, mais ils ne te diront que ce qu'ils veulent bien te raconter et cela n'ira pas plus loin. Le souci que nous pouvons avoir – car je vais t'aider – c'est de faire peur à ceux qui ont été partie prenante dans ces crimes et qui ne voudront pas que ces affaires bien enterrées remontent à la surface.

— D'accord, nous allons continuer à chercher, mais nous ne disons rien à personne, et quand je dis : personne, c'est vraiment personne...

Je la regarde droit dans les yeux :

— Même à Jean !

Cette précision est importante, Emma sait parfaitement que je deviens de plus en plus proche de Jean et pourrait penser que je lui dis tout. Là, je ne souhaite pas le mettre dans la confidence parce qu'il est magistrat et que toutes les informations m'ont été données à condition que je ne répète rien, ce que je compte respecter tant que toute cette affaire n'aura pas été tirée au clair. Après je verrai ce que je lui dirai.

24

Qui menace Édith ?

1992

Adeline n'en revenait pas. Son entretien avec Édith Delafond la surprenait à double titre. D'une part parce qu'elle n'aurait jamais pensé qu'elle puisse intéresser une personne aussi célèbre et d'autre part, parce qu'Édith Delafond avait remis à l'honneur des événements que la couturière avait soigneusement choisi d'oublier après son divorce.

Lorsque l'une de ses meilleures amies, avec qui elle jouait au bridge deux fois par semaine, vint lui acheter des pelotes de laine pour tricoter un pull pour son petit-fils, les deux femmes échangèrent les derniers potins.

Adeline n'était pas pressée et prit le temps de discuter avec Marie-Hélène Vignon, car la boutique n'était pas très fréquentée, à l'ouverture, vers 15 h 30, cet après-midi-là.

Quoi de plus croustillant que de relater le passage d'une romancière célèbre dans son magasin ! Pour une fois, elle volait la vedette à son amie, toujours à l'affût de cancans. Elle ne put donc s'empêcher de révéler la visite d'Édith Delafond à sa vieille connaissance, tout en lui précisant qu'elle comptait sur sa discrétion.

Cette dernière promit de garder le secret et s'empressa de tout répéter à son mari le soir même. Si Marie-Hélène raconta sans arrière-pensée sa discussion avec l'ex-madame Portman à son mari, celui-ci ne prit pas la chose à la légère.

Cela faisait maintenant plus de vingt ans que tout s'était passé, mais hors de question que cette affaire ne remonte à la surface. Or Édith Delafond devenait vraiment menaçante avec ses recherches. Il allait falloir qu'elle se calme et arrête de fouiller partout. Pourquoi s'intéressait-elle à ces vieilles histoires ? Heureusement que sa femme connaissait Adeline Mercier et que cette dernière lui accordait sa confiance. Son épouse ne sachant pas tenir sa langue, il apprenait en temps réel toutes les nouvelles de la région.

Marie-Hélène ne se rendit pas compte de la portée de ses révélations et celui-ci fut, certes, sonné par ce qu'il entendit, mais n'en montra rien. Dès le lendemain, lorsqu'elle se rendit à sa séance de gymnastique, Vignon appela François Geandon pour lui faire part de la situation.

La réaction de François fut plus tranchée que celle de son ami.

— Cette femme est trop dangereuse, elle doit partir. Nous ne pouvons pas prendre de risques.

— Nous ne risquons plus rien maintenant, tenta Charles. Les faits sont prescrits.

— Tu veux que ta femme, tes trois enfants et tes proches apprennent le rôle que tu as joué ?

— Non évidemment.

— Alors elle doit partir…

— D'accord. Et comment fait-on ?

Geandon réfléchit un moment aux différentes alternatives qui s'offraient à eux. Il avait un tas d'idées et une certitude : il fallait faire peur à la romancière. Il sentait qu'elle ne lâcherait pas l'affaire tant qu'elle resterait dans la région. Il fallait que leur contrée devienne franchement inhospitalière. Ils hésitaient.

François, plus radical, dans ses choix que Charles proposa quelques options :

— On pourrait lui crever ses pneus, taguer ses murs, lui…

Il n'eut pas la possibilité de monter crescendo dans ses propositions, car son ami le coupa :

— Je préférerais, pour le moment, commencer par quelque chose de moins violent. Il sera toujours temps de changer le style d'intimidation si on voit qu'elle ne réagit pas...

25

Le chantage

1966

Jacques était prêt à passer à l'action. L'idée du chantage avait germé, après les confidences plus que surprenantes de sa sœur. Elle était devenue, un an plus tard, une évidence. Il n'éprouvait pas de scrupules envers Jeanne. Il avait besoin d'argent et le couple en possédait beaucoup. La manière dont René le traitait avec son petit air supérieur et méprisant d'homme riche le renforçait dans sa décision. Son comportement l'indisposait tout simplement et cela durait depuis trop longtemps. Il allait enfin pouvoir prendre sa revanche.

Mi-septembre, il convia René à déjeuner un midi au restaurant du Relais Saint-Louis à Bellême. Situé à une vingtaine de kilomètres de Nogent ou du château de la Bourdonnière, l'endroit possédait l'avantage d'être un peu excentré.

René, un peu surpris de l'invitation – jamais Jacques ne lui avait proposé de manger en tête à tête avec lui auparavant –, s'attendait à ce que son beau-frère mette en avant son lien de famille pour essayer de lui soutirer de l'argent. Il ne comptait pas accéder à sa demande. Quand il avait parlé du rendez-vous à sa femme, celle-ci, un peu blême, lui avait répondu que si Jacques semblait dans de bonnes dispositions, il fallait qu'il accepte de le rencontrer.

Jacques laissa le repas se dérouler. L'ambiance était détendue. Il fit boire à l'entrepreneur un excellent vin. Il observait son ennemi qui devenait tout rouge à cause de l'alcool. Il constata que, depuis la dernière fois qu'il l'avait vu, son beau-frère avait encore pris du ventre et que sa calvitie s'était étendue.

L'avocat attendit le dessert pour abattre ses cartes. Il alla alors à l'essentiel sans tergiverser davantage.

— J'ai voulu qu'on se rencontre, car j'ai quelque chose à te demander.

— Oui ?

— J'ai besoin d'argent. Une grosse somme.

— Et l'héritage ? Le pactole ?

— J'ai tout investi dans mon appartement et dans mon cabinet. Je n'ai plus rien de côté.

— Tu as bien profité aussi. Jeanne m'a dit que tu étais parti en vacances dans le sud de la France sur la Côte d'Azur.

La haine que Jacques éprouvait pour René ressurgit, mais il sut se contenir et conserver un ton calme.

— Oui, pour la première fois de mon existence, j'ai un peu profité de la vie.

— Pourquoi as-tu besoin d'argent ? As-tu un projet à me présenter ?

— En fait, les raisons de ma demande importent peu.

— Pardon ?

— Oui, parce que cet argent, tu vas me le donner que tu en aies envie ou pas.

René fut soufflé par tant d'audace et devant l'agressivité des propos.

— Je ne comprends pas.

— Alors je vais être plus clair. René, tu as tué mon père et si tu ne me donnes pas ce que je veux, je te dénoncerai aux gendarmes.

Le riche entrepreneur blêmit. Il regarda nerveusement si ses voisins de table avaient entendu quelque chose, mais

Jacques avait parlé à voix basse et personne ne tourna la tête vers eux. Il lui demanda sans élever le ton :

— Qu'est-ce que tu sais exactement ?

— Les liens familiaux dépassent tout et ma sœur n'a pas pu conserver le secret. Le soir du jour de l'enterrement, ivre, elle m'a tout expliqué.

René crut que son cœur allait s'arrêter de battre. Sa propre femme n'avait pas réussi à tenir sa langue et avait raconté ce qui s'était passé à son frère. Il se sentit trahi. Quelle cruche ! Un verre dans le nez et elle parle ! Quelle cruche ! Qu'avait-elle dit exactement ?

— Cela ne te dérange pas de faire du chantage au mari de ta sœur ?

— Non, pas du tout. Je pourrais te renvoyer la pareille. Cela ne te dérange pas d'abandonner le frère de ta femme dans le besoin ?

— Que t'a dit Jeanne ?

Jacques choisit volontairement de ne laisser planer aucune ambiguïté. Il ne fallait pas que son interlocuteur puisse penser un seul instant qu'il ne tenait pas toutes les cartes en main.

— Elle m'a expliqué avec beaucoup de détails comment tu as tué, avec sa complicité, mon père.

Il constata que René attendait plus de précisions.

— Le guet-apens, la manière dont tu l'as visé avec ton fusil dans la chasse gardée, puis comment tu as filé à l'ouverture de la chasse à laquelle tu es arrivé un peu en retard…

L'avocat sut qu'il n'était pas nécessaire d'en rajouter. L'air défait de son beau-frère lui suffisait. L'entrepreneur, si sûr de lui, avait disparu. Son teint était devenu vert. Il respirait la peur.

— Pourquoi me parles-tu de cela ? Que veux-tu ?

— Je veux de l'argent. Comme tu m'expliques souvent que tout a un prix, je te propose d'acheter mon silence par une somme confortable qui me permettra de voir venir... Disons 100 000 francs.[1]

René défaillit.

— Crois-tu que je sois millionnaire ? Je n'ai pas une telle somme de disponible, tu le sais bien.

— Non, je ne sais rien du tout. Je te laisse jusqu'à la fin de la semaine pour trouver les moyens de libérer ces fonds.

L'entrepreneur n'hésita pas longtemps, finir en prison pour meurtre restait suffisamment angoissant pour refuser de prendre le moindre risque.

— Écoute, je te donnerai ce que tu demandes à partir du moment où tu t'engages à me laisser tranquille ensuite. Je vais devoir vendre des titres. Accorde-moi un peu de temps.

Jacques se garda bien de promettre quoi que ce soit à celui qu'il considérait comme sa poule aux œufs d'or. Il lui accorda néanmoins une concession.

— D'accord, on se revoit dans huit jours. Au même endroit.

Il se leva et tendit l'addition à celui qui était devenu son ennemi.

— Évidemment, tu m'invites pour le déjeuner.

René retourna chez lui, très en colère. Son explication avec sa femme fut des plus houleuses. Lorsqu'elle vit son époux revenir, elle sut immédiatement que quelque chose de grave s'était passé entre les deux hommes. Dire que Jeanne était surprise par la tournure des événements serait mentir, mais en même temps, elle s'était empressée d'oublier ses confidences à Jacques. Après s'être réveillée le lendemain avec un violent mal de tête, elle avait réalisé qu'elle n'avait pas forcément eu une bonne idée en se confiant à son frère. Elle avait même eu très peur, se demandant s'il allait dénoncer son époux à la police. Puis les mois s'étaient écoulés, une

---

[1] 15 000 € environ, mais en euros constants (en prenant en compte l'inflation), cela représente environ 145 000 € en euros d'aujourd'hui, ce qui est considérable.

année était passée et elle s'était persuadée que finalement, il n'arriverait rien.

Quand soudainement, presque un an jour pour jour après ses aveux, René lui annonça, surpris, qu'il avait rendez-vous avec Jacques, Jeanne préféra ne rien dire. Jacques voulait peut-être rencontrer son mari pour tout autre chose et il serait toujours temps de régler d'éventuels problèmes à son retour, mais la peur, insidieuse, revint.

En voyant la tête de René, elle pensa que les deux hommes avaient échangé au sujet du meurtre de Gaston, même si elle n'imagina pas que Jacques leur faisait un chantage, elle crut plutôt à une réouverture de l'enquête criminelle.

Il la mit au courant sans façon.

— Tu aurais pu me dire que tu n'avais pas réussi à tenir ta langue !

Elle s'efforça de croire encore à un miracle.

Peut-être ne savait-il pas qu'elle s'était confiée à son frère ?

— De quoi parles-tu ?

Elle n'aurait néanmoins pas dû poser cette question-là. Elle le mit hors de lui, car il fut persuadé qu'elle se moquait de lui. Il hurla.

— De quoi je parle ! De quoi je parle ! Tu as la mémoire courte ! Tu bois plus que de raison et tu avoues tout à ton traître de frère qui n'attend qu'un prétexte pour faire pression sur moi et me soutirer de l'argent.

Elle ne put s'empêcher de se sentir soulagée. Il ne s'agissait que d'un problème d'argent. Jacques se vengeait des années où ils ne l'avaient pas aidé. Rien de très important. Ouf ! Elle avait eu peur qu'il les dénonce. Son mari se déchaînait. Heureusement que les domestiques ne travaillaient pas cet après-midi-là.

Il hurlait à présent :

— Tu ne lui confies pas une broutille, non juste que j'ai tué son père. Du pain béni. Il prend un an pour réfléchir puis m'invite au restaurant pour me soutirer 100 000 francs. Ce n'est pas rien 100 000 francs !

Elle ressentit un choc. 100 000 francs, en effet, ce n'était pas rien. Elle ne vit pas la nécessité d'abonder dans le sens de son mari. Il n'attendait d'ailleurs pas de confirmation de sa part. Il poursuivit.

— Il m'imagine multimillionnaire ! Il est complètement à côté de la plaque et rien ne nous dit qu'il ne recommencera pas.

Sa voix devint alors stridente.

— Tu vas tenter de le raisonner, j'espère. Elle ne crut pas un instant que cela servirait à quelque chose, mais comprit qu'il serait inutile d'essayer de lui expliquer.

— Oui, bien sûr.

Dès le lendemain, elle appela Jacques, mais il n'y eut pas de conversation, car il refusa d'aborder le sujet avec elle. Son frère fut clair :

— Je traite d'un problème avec ton mari, je ne veux pas en discuter avec toi. Je ne souhaite pas te mêler à tout cela. Ne me force pas à m'en prendre à toi.

Elle se le tint pour dit.

26

René n'en peut plus

1970

René n'en pouvait plus. Cela faisait maintenant trois fois que son beau-frère lui soutirait de grosses sommes. Il avait enfin compris que cela ne s'arrêterait jamais. Soit il acceptait de devenir son éternel débiteur, soit il allait falloir empêcher Jacques d'être nuisible d'une manière définitive. Son maître chanteur croyait qu'il possédait de l'argent à ne plus savoir quoi en faire, ce qui n'était pas la réalité.

Oui, il détenait de quoi vivre confortablement, mais il n'était pas millionnaire, loin de là. Il ne pouvait pas entretenir, à grands frais, le frère de sa femme. Il avait essayé à plusieurs reprises de le lui expliquer, mais l'autre n'avait rien voulu entendre. Exaspéré, René avait dépassé le stade des états d'âme et avait décidé de prendre des mesures coercitives pour que tout cela cesse, et ce, même si Jeanne lui avait interdit de s'en prendre à son frère. Il allait devoir lui désobéir, mais cela l'ennuyait vraiment. Lorsqu'il passerait à l'action, cela pourrait lui coûter son mariage et peut-être même lui valoir un long séjour en prison. Deux choses qu'il ne souhaitait pas.

La première fois que Jacques lui avait demandé de l'argent, il avait cédé, s'imaginant naïvement qu'une fois qu'il aurait payé, l'affaire serait close. Quelle erreur !

Un peu plus d'an plus tard, au printemps 1968, l'avocat avait récidivé. Pour sa deuxième extorsion de fonds, il ne lui avait pas proposé un nouveau déjeuner au restaurant. Il avait attendu que Marie les invite tous à sa fête d'anniversaire, début avril, l'un des rares moments où il côtoyait sa sœur et son mari. Le repas ne s'était pas trop mal déroulé, car chacun avait pris soin de ne pas aborder les sujets qui auraient pu le gâcher. Les deux femmes partirent, après le dessert, dans la cuisine pour ranger la vaisselle sale et préparer le café. Lorsque les deux hommes se retrouvèrent en tête-à-tête, le ton de Jacques changea et il alla directement à l'essentiel :

— Je profite de ce que nous sommes seuls pour te dire que je rencontre, de nouveau, des soucis d'argent.

— Pardon ?

— Tu as très bien compris. Il faut que tu me renfloues.

Sentant que les deux femmes reviendraient d'un moment à l'autre, il ne perdit pas de temps :

— Le montant de la dernière fois m'ira très bien.

L'entrepreneur faillit s'étouffer.

— Je ne dispose pas de cette somme. Tu le sais bien.

— Non. Je ne sais rien du tout. Je vois juste ton train de vie. Je vois aussi que tu as tué quelqu'un, mon père en l'occurrence.

René avait eu tellement peur des conséquences catastrophiques qu'il avait, de nouveau, cédé.

Mais comme il s'en rendit compte, en février 1969, le problème était sans fin. Jacques l'aborda alors qu'il était en train de faire un plein d'essence. René se demanda si l'avocat l'avait suivi et cette possibilité l'effraya.

Il fit clairement sentir à son beau-frère, lorsque ce dernier essaya pour la troisième fois de lui soutirer la même somme, qu'il n'était pas en mesure de répondre à ses exigences démesurées.

Très en colère, René resta ferme dans ses affirmations.

— Ne m'oblige pas à commettre l'irréparable Jacques ! Tu me pousses à bout. Je ne pourrai pas continuer à te donner tout cet argent.

Jacques comprit que son interlocuteur frôlait la crise de nerfs, sans qu'il ait une solution à lui apporter. Il avait besoin de cette somme, c'était aussi simple que cela. Il n'envisageait pas de s'en passer. Il avait pris l'habitude de l'obtenir en claquant des doigts et ne voyait plus comment faire autrement.

— Me menaces-tu ?

Son beau-frère ne se laissa plus impressionner.

— Tu veux me ruiner. Comment faire pour que cela cesse ? Me tuer ? Te tuer ? M'enfuir ? Aller me dénoncer à la police et tout avouer ? J'hésite encore entre ces différentes solutions, mais la situation ne peut plus durer.

Jacques sentit que la poule aux œufs d'or était à cran. Il revit à la baisse ses prétentions.

— D'accord. Donne-moi 75 000 francs.

René réprima un petit rire amer, mais céda. Il allait devoir réfléchir. Il fallait trouver un moyen d'arrêter tout cela… L'idée germa à ce moment-là, pas encore bien réelle, très diffuse, mais présente. Il ne laisserait pas cette ordure lui prendre tout son argent, beau-frère ou pas.

Par égard pour sa femme, il n'en était pas encore à envisager des actes irréparables. Il choisit néanmoins de faire peur à son maître chanteur.

Subtil, il ne s'attaqua pas à lui directement. Il visa ses proches. Il se renseigna sur son ennemi, voulut connaître ses points faibles. Il trouva rapidement le moyen de lui nuire de manière détournée. La liaison entre Jacques et Adeline était connue de tous dans les troquets du coin. Seul Steven, le mari, ne savait pas que sa femme le trompait, une fois par semaine, depuis des mois. Il faut dire que les tourtereaux ne prenaient pas beaucoup de précautions, se retrouvant toujours au même endroit. Ils allaient boire un verre avant de disparaître dans une chambre d'hôtel plusieurs heures. Forcément, ça jasait ! Et puis, Jacques n'hésitait pas à parler de sa maîtresse pour se vanter même s'il ne donnait pas son identité.

Cette traînée semblait une proie facile. Il sut sans difficulté qu'Adeline était mariée et qu'elle vivait au Moulin avec le gentleman-farmer qui exaspérait tant les agriculteurs locaux. Le couple Portman semblait tenir à ses terres et au Moulin comme à la prunelle de ses yeux. Après avoir réfléchi, puis étudié leur terrain, il choisit de s'y attaquer de manière détournée en asséchant le puits qui servait à abreuver leurs bêtes et à irriguer ses champs. Le puits était alimenté par le ru qui longeait leur propriété. Il fallait trouver un moyen d'accéder à ce dernier.

Un soir, profitant de l'absence des Portman, il se rendit un peu en amont de la rivière avec une hache imposante. À cette heure-ci, en pleine campagne, l'endroit était désert. Pendant un bon moment, il découpa du bois sans se faire remarquer, puis il construisit un barrage avec des branches et des troncs sans trop de difficultés : le cours du ru était bas et il y avait peu de courant. Il ajouta aussi de grosses pierres pour consolider son ouvrage. Le couple Portman allait être bien ennuyé, car il ne pourrait accéder à l'eau pour donner à boire aux bêtes et irriguer ses champs que de l'autre côté de l'Île.

Afin que l'avocat comprenne l'avertissement sans aucune ambiguïté, il envoya un message anonyme à Adeline. S'il pouvait lui faire peur et qu'en plus, elle quitte son amant, il aurait accompli du bon travail. Mais l'impact de sa missive ne fut pas celui qu'il avait escompté.

Cette dernière continua à voir comme auparavant celui qu'il décrivait comme un maître chanteur. Et son mari ne chercha même pas à deviner pourquoi le puits était maintenant à sec, il se contenta d'aller puiser l'eau de l'autre côté de l'Île sans se poser de questions.

Quant à la réaction de l'avocat, elle le laissa pantois. Il ne sembla pas prendre au sérieux son message et ne tint pas compte de l'avertissement. Jamais il n'aborda le sujet. René décida alors de devenir plus offensif…

27

La lettre de menace

1992

Mes questions et les recherches d'Emma sur ces vieilles histoires ne plaisent pas. Tout le voisinage commence à savoir que nous remuons le passé. A priori, nous gênons certaines personnes. Je m'en rends compte quand, peu de temps après mon entretien avec Jeanne, Emma revient avec le contenu de ma boîte aux lettres. Au milieu du courrier du jour se trouve une enveloppe en papier kraft. Elle attire notre attention, car rien n'est marqué dessus. Je l'ouvre et, stupéfaite, je découvre un texte, composé à l'aide de lettres majuscules découpées dans des unes de journaux que je montre à ma collaboratrice. Sa lecture me donne la chair de poule :

PARTEZ D'ICI TOUTES LES DEUX ET OCCUPEZ-VOUS DE VOS AFFAIRES ! SINON IL VOUS ARRIVERA MALHEUR !

Une fois le choc dépassé, prudentes, nous allons porter plainte et montrer la missive à la gendarmerie. Ils l'analysent, mais le papier et la colle très quelconques empêchent toute investigation. Évidemment, il n'y a aucune empreinte.

Cependant, même si cette lettre nous impressionne, elle nous stimule aussi. Une telle réaction signifie que nous sommes sur la bonne voie.

Avec Emma, nous essayons de déterminer qui peut bien nous en vouloir. Je n'ai rencontré, pour le moment, que Jeanne et Adeline. Elles ne semblent pas coupables et m'ont parlé de leur plein gré. Nous ne pensons donc pas qu'elles soient à l'origine de ces menaces, mais plutôt que l'une des deux femmes a discuté avec des connaissances et donné des informations que certains ont pu trouver suffisamment inquiétantes pour vouloir nous effrayer. Cela signifie que René a eu des complices et que ces derniers vivent toujours. Certes, il y a prescription pour les deux meurtres. Mais, malgré cela, si leurs familles apprennent que l'un d'eux a participé, directement ou pas, à une affaire criminelle, difficile d'imaginer leurs réactions. Il est possible qu'ils n'acceptent pas ces révélations. Cela peut justifier que l'on s'affole et tente de nous arrêter.

Je prends donc la menace plus au sérieux qu'Emma :

— Édith, je ne peux pas croire que ces individus pourraient se sentir suffisamment en danger pour s'en prendre physiquement à nous.

— Tu dois réaliser que les meurtriers peuvent vouloir nous stopper dans notre enquête. Comme nous n'allons pas leur obéir et arrêter de fouiller, nous pouvons devenir leur cible. Nous ne nous retrouvons pas seules pour autant, car Jean est également à mes côtés. Nous nous voyons tous les deux régulièrement et il suit cette histoire avec intérêt même s'il n'en a qu'une vision partielle puisque je ne lui raconte pas tout ce que je sais. Lui aussi pense que la ou les personnes qui ont envoyé ce courrier ont peur et peuvent vouloir m'empêcher coûte que coûte de poursuivre mes investigations.

La gendarmerie ne peut pas faire grand-chose pour assurer ma protection et je sais à quel point les individus qui se sentent, à juste titre ou pas d'ailleurs, acculés peuvent devenir dangereux.

Quinze ans auparavant, j'ai été victime d'une agression d'un admirateur un peu trop expansif qui m'a blessée. Il avait réussi à prendre la fuite et j'avais dû faire assurer ma sécurité le temps qu'on l'arrête et l'hospitalise à cause de problèmes psychiatriques.

J'engage donc des gardes du corps à titre préventif afin qu'ils assurent ma sécurité et celle d'Emma, mais aussi celle du Moulin, le temps que cette histoire soit résolue. Je préfère être trop précautionneuse plutôt que nous soyons blessées ou pire. Je propose à Emma de rentrer chez elle le temps que toute cette affaire soit résolue, mais la jeune femme proteste avec énergie. Elle veut rester à mes côtés. Jamais nous n'envisageons d'arrêter notre enquête…

28

Le miracle

1969

René n'acceptait pas que ses menaces ne soient pas prises au sérieux. Il sentait que ce qu'il avait fait n'avait servi à rien et il détestait cette impression. Ces pensées l'obsédaient depuis presque deux mois.

Certes, Steven Portman avait bien trouvé étrange que le ru s'assèche, mais, à sa grande stupéfaction, le fermier n'avait pas tenté d'en découvrir la cause, ce qui lui aurait permis de se rendre compte que ce qui lui arrivait n'était pas dû à un accident. Était-ce par manque de curiosité, négligence, fainéantise ou méconnaissance ? Difficile de trancher. En tout cas, le fermier avait choisi la facilité, il avait juste puisé son eau un peu plus loin.

La femme de Steven Portman avait tout raconté à l'avocat quand elle avait reçu la lettre anonyme, mais il était devenu vert de rage en constatant que ce dernier n'avait même pas cherché à le voir pour en parler avec lui. Son ennemi se comportait comme si rien ne s'était passé. Jacques le méprisait tellement qu'il ne le croyait pas capable de mettre à exécution ses menaces.

Quelle erreur ! Il réfléchissait à un moyen de faire monter la pression quand il y eut le miracle.

Cela se produisit, par un beau jour du mois de mai, juste après la messe. L'église, le dimanche, donnait l'occasion de se réunir et donc l'opportunité de rencontrer du monde.

Les hommes se retrouvaient au café après l'office et discutaient ensemble. L'entrepreneur s'installait au comptoir lorsqu'il entendit parler deux voisins, Charles Vignon et François Geandon, propriétaires de terrains. Leur conversation lui fit très plaisir. Ils étaient très remontés contre les Portman. Les deux amis, que René avait connus à l'école primaire, venaient d'apprendre que le couple possédait des terres cultivables qu'ils laissaient en jachère.

— Et là, j'apprends que ces deux tourtereaux de la ville avaient petit à petit acheté toutes les terres autour de leur ferme…

— J'aimerais bien qu'on m'explique comment ils ont pu y arriver. On était pourtant tous d'accord pour ne pas vendre. Il y a eu suffisamment de mésententes entre les familles du cru pendant des générations…

— Ce couple d'amateurs a réussi à faire voler en éclats un accord de plus de cent ans. Ils se sont attaqués à des petits vieux sans défense pour obtenir leurs terres. Le père Larimeau a atteint l'âge respectable de 90 ans et la veuve Volère celui de 93 ans. On peut imaginer que les deux anciens n'ont pas réalisé qu'ils se faisaient manipuler…

À ces mots, René resta dubitatif. Il était persuadé, pour sa part, que le père Larimeau et la veuve Volère avaient parfaitement compris ce qu'ils faisaient. Les temps étaient durs et les pensions de retraite maigres. Une arrivée d'argent pour des terres qu'ils n'exploitaient pas était très certainement bienvenue. Mais ce n'était pas lui qui allait leur expliquer cela.

Un bref silence s'installa pendant lequel les hommes levèrent leurs verres avant d'en boire le contenu. Puis Charles Vignon, visiblement très remonté, poursuivit :

— Mais, en plus, ils ne cultivent pas ces terres, c'est incroyable. Il ne leur reste plus un rond, ils sont à découvert,

Mme Binchaux de la banque me l'a dit. Ils n'ont pas le savoir, ce ne sont pas des fermiers. Pourquoi viennent-ils ici ? Il faut qu'ils partent, c'est tout…

L'idée germa à ce moment-là. Le déclic se produisit quand Charles prononça les mots magiques : *il faut qu'ils partent*. Là, précisément, il comprit qu'il avait enfin trouvé des alliés. Les deux hommes l'ignoraient encore, mais ils allaient se faire un plaisir de l'aider. Il paya sa tournée pour pouvoir s'immiscer dans leur conversation :

— Je vous entends parler et je ne peux qu'aller dans votre sens. Cela ne peut plus durer. L'équilibre de nos villages semble en jeu. Le père Larimeau et la veuve Volère ont été abusés, cela paraît évident. Moi aussi je veux que les Portman quittent la région. Ils me gênent tout comme vous. Le tout, c'est de les aider, non ?

François fut un peu surpris, car il n'avait pas connaissance d'un litige quelconque opposant le châtelain aux Portman sur des terrains. Mais cela ne le dérangea pas longtemps. Il tomba dans le panneau :

— Il faudrait leur faire peur…

François venait de prononcer les mots que René voulait entendre. L'idée devait venir d'eux, qu'on ne puisse pas penser un instant qu'il était l'instigateur de quoi que ce soit. À sa grande satisfaction, François continua :

— Touchons leur patrimoine, frappons là où ils ne pourront pas se redresser.

Charles renchérit :

— D'après Mme Binchaux, Steven Portman n'attend pas de nouveaux fonds de sa famille anglaise pourtant à l'aise. Quant à Adeline, ses proches ne possèdent pas d'économies. Le couple est pris à la gorge financièrement.

Voyant qu'un blanc s'installait, afin de les aider à réfléchir, René paya une tournée supplémentaire. Ils discutèrent pendant un long moment des Portman avant de revenir sur le sujet qui le taraudait. Charles relança la conversation :

— J'ai la solution à nos problèmes !

— À quoi penses-tu ?
— À leurs bêtes. Une bête vaut cher.

Après qu'ils eurent levé leurs verres pour fêter cette nouvelle piste très prometteuse, François s'exclama :

— On pourrait les empoisonner ? On utilise tous de la mort-aux-rats ou de l'AVK.

René était enchanté de la tournure des échanges, c'était inespéré ! Impassible, il indiqua :

— Portman a acheté de l'AVK, je me situais derrière lui à la coopérative la semaine dernière quand il en a pris. Il a demandé au responsable du magasin un avis entre deux marques concurrentes.

— On peut en mettre dans les abreuvoirs.

— Pour y arriver, il faut que leurs voisins, les Laplace, qui habitent dans la rue qui mène au Moulin, à la Pitancière, soient dans notre poche.

Charles les rassura :

— Cela ne sera pas nécessaire. On n'aura même pas besoin de leur parler. Ma femme connaît celle de Laplace. Ils vont bientôt se rendre en Creuse pour le baptême d'un de leurs neveux, il suffit qu'elle me dise quand et nous pourrons alors agir à ce moment-là.

29

Charles et François se fâchent

1992

C'est le facteur qui annonça la mauvaise nouvelle à Charles Vignon. Comme un oiseau de mauvais augure, le postier arriva sous un déluge de pluie, son imperméable jaune volant au vent. Après les échanges d'usage sur la météo, de saison, en ce mois de novembre, Charles apprit ce dont tout le monde parlait au village : l'écrivaine et sa documentaliste avaient reçu une lettre anonyme et elles ne s'étaient pas laissé impressionner.

— La petite dame et son employée ont du caractère !

Charles montra un intérêt calculé pour cette nouvelle croustillante que le facteur devait distiller à toutes les personnes qu'il rencontrait et qui prenaient le temps de discuter avec lui des potins du moment.

— Que disaient ces menaces ?

— Qu'il fallait qu'elles partent et qu'elles arrêtent de poser des questions.

Une fois de plus, radio moquette avait fonctionné à plein régime ! À qui avaient-elles bien pu parler de ça ?

— Des questions sur quoi ? demanda-t-il d'un ton innocent.

— Sur les morts du père et du fils de La Flandrière, sur tous les malheurs des Portman…

— Ah bon ? C'est fou cette histoire. Qui peut lui en vouloir ?

— Tout le monde s'interroge. Les faits remontent à longtemps. On tente tous de se souvenir de ce qui s'est passé à l'époque…

Vous pourriez peut-être nous donner un coup de main, d'ailleurs ? Vous connaissiez les Portman, non ? Et les de La Flandrière ?

À ces mots, Charles sentit la panique l'envahir. Si maintenant tous les gens du coin se mettaient à essayer de résoudre les énigmes de 20 ans d'âge, ils risquaient gros…

— Non, pas tant que cela. Je les connaissais comme tout le monde. Pas plus, pas moins.

Il changea de sujet, le terrain devenait trop glissant sans imaginer que d'autres surprises l'attendaient.

— Comment l'avez-vous appris ?

— Elles ont déposé plainte ! Elles ne veulent ni partir ni laisser tomber leurs investigations.

— Je ne comprends pas cela. Pourquoi persistent-elles à remuer de si vieilles affaires ?

— Jean-Paul de la gendarmerie leur a posé la question, et elles lui ont rétorqué que des morts doivent se retourner dans leurs tombes et qu'il faut qu'elles sachent… Elles paraissent sacrément têtues…

À peine le facteur parti, Charles courut prévenir François. Ce dernier savait tout depuis peu. Sa femme avait tout appris en allant au marché et s'était empressée de le lui répéter. Elle, aussi, avait envie de jouer aux détectives. François était atterré.

— Tu te rends compte que Marie-Hélène m'a expliqué qu'ils ont tous été choqués que la romancière reçoive ces menaces, ils la trouvent simple et sympathique et veulent l'aider. Même chose pour la gamine qui travaille pour elle. Elle est si gentille. Alors ils se creusent les méninges pour se remémorer tout ce qui s'est passé à l'époque…

Charles était aussi consterné que François. Si les anciens se replongeaient dans leurs souvenirs, ils ne manqueraient pas de se rappeler que les Portman avaient acquis des champs et que cela avait ravivé des tensions entre les familles historiques du coin, même si tout était rentré dans l'ordre lorsque le couple avait revendu le Moulin. Les terres cultivables n'intéressaient pas les repreneurs, elles avaient été cédées aux agriculteurs alentours qui s'étaient concertés auparavant.

Contrairement à ces derniers, René n'avait rien racheté. Mais les anciens n'oublieraient pas que René était, lui aussi, en colère contre les Portman. Ils pourraient légitimement se demander pourquoi et creuser…

Ils devaient tout mettre en œuvre pour que la romancière cesse de poser des questions. Leur réplique devait donc être beaucoup plus agressive. Édith Delafond n'avait pas compris qu'on ne lui laissait pas de choix. Il fallait mieux lui expliquer, ce qu'ils allaient faire en l'attirant dans un guet-apens.

Le cas d'Emma leur importait peu en revanche. Emma ferait ce que sa patronne lui demanderait.

30

Le soir de l'empoisonnement

1969

Ils purent obtenir facilement l'AVK. Ils s'approvisionnèrent, comme Steven Portman, au magasin de fournitures agricoles de la région.

Ils s'y rendirent séparément afin de ne pas attirer l'attention. Ils prirent chacun de quoi dératiser leur propre exploitation, alors qu'aucun d'entre eux n'avait de problème de rongeurs à déplorer.

Prudemment, ils attendirent quelques semaines avant d'agir afin que personne ne puisse lier leurs achats à ce qui allait arriver aux bêtes des Portman.

Pendant ce temps-là, la femme de Charles Vignon but le thé chez les Laplace. À son retour, elle raconta à son mari – sans que celui-ci lui posât la moindre question – que les Laplace partaient pour un baptême le week-end de l'Ascension, du 7 au 10 mai. Elle lui précisa même qu'une personne viendrait effectuer les tâches indispensables dans l'exploitation, mais ne passerait que la journée.

La date était parfaite. Le week-end de l'Ascension arrivait dans quinze jours. Cela leur laissait juste le temps de tout peaufiner. La nouvelle lune tombait le jeudi 7, cela leur convenait très bien, la nuit serait particulièrement sombre. Ils s'accordèrent pour agir le vendredi 8 au soir.

Les nuits précédentes, chacun leur tour, ils se rendirent sur les terres des Portman sans passer par la route pour ne pas se faire repérer. Ils regardèrent si les bêtes étaient rentrées le soir, où se situaient les abreuvoirs. La situation leur parut simple. Les bêtes allaient toutes à l'étable.

Il suffirait de vider le contenu de leurs bouteilles de préparation d'AVK dans leur eau et elles se contamineraient en buvant. Les symptômes de leur empoisonnement ne seraient pas détectables immédiatement. Cela les arrangeait, car rendrait compliqué la détermination exacte du moment où ils auraient agi. Il n'y aurait donc pas de problème d'alibi.

Pour entrer dans l'étable, rien de plus simple, la porte n'était pas fermée à clé. Il fallait juste trouver le moyen de parvenir sur les lieux sans se faire remarquer. Ils choisirent de marcher les derniers mètres avec les sacs à dos contenant les bouteilles remplies de préparation d'AVK.

Le jour dit, à une heure du matin, les trois hommes vêtus de noir se glissèrent silencieusement dans la propriété de Steven. Ils avaient préféré prendre leurs vélos peu bruyants et discrets dans la nuit. Ils les avaient cachés dans un fossé sur la départementale la plus proche de la maison afin de pouvoir s'échapper rapidement si les choses tournaient mal. Ils traversèrent le champ qui séparait le Moulin de la route. Comme prévu, il faisait bien noir. Pas une voiture, pas une lumière.

Tout se déroulait parfaitement. Les Portman ne possédaient pas de chien et les Laplace étaient partis en voyage avec le leur. Pas un bruit. Les bêtes devaient dormir. Ils pénétrèrent dans la grange où les animaux étaient rentrés la nuit, refermèrent la porte et, à leur grande surprise, purent constater qu'il manquait des bêtes à l'appel. Les moutons et les chèvres n'étaient pas là. Après avoir jeté un rapide coup d'œil dans le bâtiment, ils comprirent également qu'il n'y avait que les chevaux à l'intérieur. Les vaches ne se trouvaient pas à leur place habituelle non plus.

La basse-cour ne les intéressait pas. Il fallait trouver où se tenaient les autres animaux.

Stratégiquement, ils firent une erreur. Au lieu de laisser l'un d'eux sur les lieux pour empoisonner les chevaux, ils choisirent de rester ensemble pour partir à la recherche des animaux. Persuadés d'avoir du temps devant eux et d'être tranquilles, ils n'avaient pas de notion d'urgence.

Ils retrouvèrent les moutons et les chèvres en train de dormir sur la pâture derrière le potager, sur la partie haute du terrain. Ils déversèrent leur poison dans les abreuvoirs.

Ils s'apprêtaient à chercher les vaches lorsqu'ils entendirent le bruit d'un véhicule qui se dirigeait vers eux. Ils ne comprirent pas ce qui se passait. Il était presque deux heures du matin. La camionnette des Portman était garée dans la cour. Qui pouvait bien venir à cette heure-là ? Ils se couchèrent dans l'herbe, pas loin de l'entrée de la ferme. Ils observèrent, stupéfaits, une voiture se garer dans la cour.

Steven en sortit avec des béquilles. Dans l'obscurité, les trois hommes n'arrivèrent pas à distinguer ce qu'il avait exactement, mais il boitait, cela ne faisait aucun doute. Ils entendirent la voix de Steven Portman :

— Merci beaucoup. Heureusement que tu es passé là quand j'ai perdu le contrôle du tracteur et que j'ai terminé dans le fossé. Je t'invite à prendre un verre ?

Adeline descendit de la voiture et renchérit :

— Oui, viens, même s'il est tard. Tu nous as bien aidés. Avec notre voiture en panne, cela aurait été compliqué d'emmener Steven à l'hôpital.

Le conducteur du véhicule proposa alors :

— Je vous donne un coup de main pour rentrer les vaches et les traire puis je boirai un petit café avant de repartir.

— Merci, c'est très gentil…

François Geandon ne parvint pas à identifier tout de suite l'homme qui les accompagnait. Il reconnut, au bout d'un moment, l'un de ses voisins, agriculteur également, qui possédait une parcelle de terre proche de celle des Portman, ce qui expliquait qu'il ait pu être présent au moment de l'accident de tracteur. Impossible de terminer leur sale travail, cela devenait beaucoup trop risqué. Sans un mot, les trois hommes s'en allèrent tout aussi silencieusement qu'ils étaient arrivés.

31

Rencontre avec Marie

1992

Écoutant les bons conseils de Jeanne, je prends rendez-vous avec Marie qui vient de fêter ses 97 ans. Elle ne bouge plus beaucoup de son appartement de Nogent-le-Rotrou, qu'elle occupe depuis son déménagement après la mort de son mari. Digne, très droite, assise sur son fauteuil, ses cheveux blancs tirés en chignon, elle m'accueille d'un regard gris très troublant. La vieille dame me propose de m'installer et de boire un café déjà préparé par une domestique sur la table basse. Elle me laisse lui expliquer pourquoi je souhaite la rencontrer.

Je lui raconte que j'entreprends des recherches qui me permettront d'écrire un livre et qu'elle est la mémoire de la région puisqu'elle y a toujours vécu. Seule Mme Moreaux, qui va sur ses 101 ans et n'a plus toute sa tête, est là depuis plus longtemps qu'elle.

Une fois que j'ai terminé, elle me questionne d'une voix douce et gentille :

— Pouvez-vous m'expliquer les véritables raisons de votre visite ?

Je la regarde interrogative. Elle continue :

— Tout se sait à Nogent…

Comme une petite fille prise en faute, je sens le rouge me monter aux joues. Elle précise sa pensée :

— Vous avez fait connaissance avec Jeanne et Adeline… Vous désirez me voir… et vous voulez que je vous raconte les histoires de la région ?

Ses yeux pétillent. Je l'amuse, la distrais. Marie ne s'en laissera pas conter. Je vais à l'essentiel.

— Jeanne et Adeline vous ont-elles répété l'objet de nos discussions ?

— Oui. Elles vous ont trouvée très curieuse.

— En effet. Cela doit être à cause de mon métier. Je passe mon temps à écrire des intrigues…

— Et que voulez-vous savoir exactement ?

Je ne tergiverse pas. Visiblement, Marie souhaite que j'aille droit au but. Je me lance.

— J'ai appris les morts violentes de Gaston, votre mari, et de Jacques, votre fils, un peu par hasard. Plus je creuse afin de comprendre ce qui s'est passé et plus les mystères s'accumulent. Pourriez-vous me raconter votre version des faits ?

— La connaître vous apportera quoi ?

— Très sincèrement, je ne le sais pas encore. Il y a là de quoi écrire un roman, c'est certain, mais je ne sais pas encore comment je vais utiliser tout cela. Cela vous ennuie que je ne puisse pas vous donner plus de précisions ?

— Pour être franche, non. J'ai beaucoup réfléchi à tout cela depuis que je connais votre démarche. Tout ce qui s'est passé me pèse. Si je souhaite qu'un jour la vérité éclate, il est temps que je parle. Jusqu'à présent, je n'en ai pas eu l'opportunité. Ces faits n'intéressaient plus personne avant que vous vous manifestiez. J'ai maintenant atteint l'âge respectable de 97 ans et, oui, je vais vous raconter mon histoire…

32

Marie se confie

1895-1992

Je me suis retrouvée veuve de guerre, sans enfant, en 1918, à 23 ans. Cela a été terrible pour moi. J'aimais à la folie mon mari. Je me suis repliée sur moi-même, en proie au désespoir. Je ne cherchais pas à me changer les idées, à sortir, profiter de la vie. Quand je n'enseignais pas à l'école élémentaire de Rémalard, village où mes parents vivaient, je lisais ou m'investissais dans le bénévolat.

À 25 ans, je ne m'étais toujours pas remariée. Je n'étais pas la seule sans mari. Beaucoup de combattants étaient morts à la guerre. La plupart de mes amies devenues veuves avaient respecté une période de deuil raisonnable avant de se rendre de nouveau dans des bals, de se faire belles pour plaire aux rares soldats en bonne santé et célibataires de retour de la Grande Guerre. Je n'éprouvais aucunement l'envie de rencontrer un nouvel homme, ce qui inquiétait mes parents. Ce n'était pas comme maintenant. Sans mari et enfant à 25 ans, vous étiez considérée comme une vieille fille.

À ce moment-là, mes parents, qui voulaient à tout prix que je me marie, me présentèrent Gaston. Il s'agissait du septième prétendant qu'ils avaient réussi à me trouver. Ils étaient tenaces. Gaston de La Flandrière avait douze ans de plus que moi et à 25 ans, cela me semblait très vieux. Je restais insensible à son charme. Lui cherchait une femme sans avoir envie de perdre son temps à la séduire. Il me trouva mignonne. De guerre lasse, au grand soulagement de mes parents qui n'avaient pas envie de me garder à charge toute leur vie, j'acceptai de l'épouser après deux ou trois sorties en tête-à-tête. Nous n'avons jamais parlé d'amour, mais plutôt d'une association. Nous sommes tombés d'accord sur deux points importants : je lui faisais un ou deux enfants et après il me laisserait tranquille ; ensuite, je m'occupais de son manoir et il me donnerait de l'argent.

Les choses se compliquèrent quand il commença à boire, sept ans après notre mariage. Il n'était plus guère à la maison depuis la naissance de Jacques que nous avions passé beaucoup de temps à concevoir, puisqu'il nous avait fallu cinq ans d'efforts acharnés pour que je tombe enceinte. Gaston ne supportait pas le bruit provoqué par notre fils qui se réveillait et pleurait toute la nuit.

Cela ne me dérangeait pas qu'il disparaisse des nuits entières, ce qui, en revanche, me contrariait fortement, c'est que, certains soirs, il me frappait lorsqu'il rentrait saoul. Je ne l'énervais pas pourtant. Nous faisions chambre à part et, vers cinq heures du matin, je dormais quand il arrivait. Il pénétrait dans ma chambre en colère, sans que je sache pourquoi, et il déchargeait sa frustration sur moi. Quand je lui en parlais le lendemain, il me disait qu'il ne se souvenait de rien sans jamais s'excuser. Je ne le croyais pas.

Sans rien dire, je fis poser une serrure à ma porte. Il cessa alors ses agressions nocturnes sans trop de résistance. J'enquêtais pour apprendre à quoi il passait ses soirées. Je découvris qu'il jouait aux cartes, au poker plus précisément, avec des amis et qu'il se faisait plumer régulièrement. Je connaissais enfin la raison de sa frustration.

J'essayais d'aborder le sujet avec lui, un jour où il semblait de bonne humeur et sobre :

— J'ai appris que tu jouais au poker ?

Il me regarda de biais, un peu méfiant.

— Oui. En effet.

Je me décidai à poser la question à laquelle je connaissais déjà la réponse :
— Et, tu joues de l'argent ?
— Oui. Cela te pose un problème ?
— Non, si tu ne perds pas tout notre argent.
— Pas de soucis. J'ai des sous de côté.
— Comment ça ?
— Je possède un magot. Un gros magot. Il me sert pour les travaux dans le manoir et pour jouer.

Je vis qu'il commençait à s'impatienter et je choisis de ne pas insister davantage. Je restais évidemment sur ma faim. D'où sortait cette histoire de magot ? Je me posais depuis un moment des questions sur l'origine des revenus de mon mari, mais je n'avais pas voix au chapitre. Si ce magot existait, pourquoi était-il si pingre pour le quotidien ?

Je m'éloignais de plus en plus de lui et pris un amant, en 1930. Mon choix se porta sur un représentant de commerce, lui-même marié avec des enfants, qui passait deux fois par mois dans la région pour proposer ses services. Je tombai rapidement enceinte de Jeanne, à ma grande surprise. Ma cadette arriva dix ans après mon fils. Après la naissance de Jacques, nous avions essayé de concevoir un deuxième enfant avant que mon mari ne se désintéresse de moi.

Depuis des années, nous n'avions plus de relations intimes. Il fallait donc que je lui fasse croire que cet enfant venu de nulle part était bien le sien. En effet, il était impensable que je quitte mon mari et lui sa femme. Je fis donc croire à Gaston qu'il avait profité de moi un soir où il était rentré d'une beuverie. Il douta, mais comme il ne se souvenait de rien, cela resta un doute.

La situation se dégrada au fil du temps. Gaston se mit à boire de plus en plus et à me frapper n'importe quand. Mais, en plus, il devint de plus en plus avare et ne me laissa plus aucune autonomie pour dépenser l'argent du foyer. Il ne me donnait de l'argent que pour les courses alimentaires et je devais lui rapporter le ticket pour qu'il contrôle mes dépenses.

Lorsque Jeanne fut assez lucide et autonome pour réaliser quel calvaire j'endurais, elle se débrouilla pour me donner un peu de liquide en cachette de son père et de son mari.

Les années passèrent. Femme au foyer, j'élevais mes enfants. J'aurais dû partir et refaire ma vie. Mais ce n'était pas aussi simple que maintenant. Mon mari avait voulu que j'arrête mon métier d'institutrice pour rester à la maison, et j'avais accepté. La plupart des femmes élevaient leurs enfants chez elles et arrêtaient de travailler dès qu'elles devenaient mères. Sa demande ne m'avait donc pas choquée. Mais, maintenant, je dépendais de lui.

Je n'avais jamais envisagé de le quitter avant que Jeanne, ma petite dernière, ne parte de la maison à 21 ans. Je ne voulais pas la laisser seule avec son père et je savais que je ne pourrais jamais emmener les enfants, si je le quittais.

Même si nous le voyions peu, Jacques vivait toujours avec nous alors qu'il avait déjà 31 ans. Il savait très bien gérer le sale caractère de son père.

Je pouvais enfin penser à moi. Je me rendis compte alors que je me trouvais dans une impasse. Comment quitter Gaston alors que je ne pouvais pas subvenir à mes besoins ?

J'avais alors 61 ans et je n'avais pas travaillé depuis des années. Qui voudrait d'une femme de mon âge avec comme seule expérience quatre ans de métier d'institutrice en classe de primaire, il y a plus de 30 ans ? Je ne possédais aucun revenu et aucune économie. Mes parents ne m'avaient pas laissé d'argent, étant morts dans le dénuement à cause de mauvais investissements. Les seuls subsides que je touchais provenaient de ma fille et ne me suffisaient pas pour vivre seule.

Il m'était impensable de penser que j'étais condamnée à vivre avec mon mari encore de nombreuses années. Je tournais le problème dans tous les sens. Je changeais petit à petit mon point de vue. Puisque je ne pouvais pas le quitter, j'en suis arrivée à la conclusion logique qu'il fallait que le Vieux parte.

Âgé de douze ans de plus que moi, donc de 73 ans au moment du départ de Jeanne, il buvait et fumait sans aucune modération. De plus, il ne pratiquait aucun sport tout en mangeant énormément.

Son embonpoint devenait important. J'ai redécouvert les traditions familiales en poisons et sorcellerie. J'ai essayé de l'empoisonner à plusieurs reprises sans arriver à mes fins. J'étais désespérée, j'envisageais sérieusement de me suicider, quand, en 1965, il y a eu le miracle…

La vieille dame de 97 ans est prise d'une quinte de toux. Elle boit une longue gorgée d'eau pour se rafraîchir. Elle prend une grande inspiration, ferme les yeux un instant et s'adresse à moi en souriant :

— Je suis fatiguée. Je vais me reposer à présent.

Je lui rends son sourire et acquiesce :

— Bien sûr, je comprends.

Au fond de moi, je bous. Elle a besoin de faire un somme au moment le plus important du récit. Je ne sais que croire. Ses yeux gris pétillent. S'amuse-t-elle avec moi ? Ma frustration monte et je peine à ne rien montrer.

Marie me regarde et me demande :

— Pensez-vous pouvoir venir demain à la même heure pour que je puisse continuer à vous raconter mon histoire ?

Je me mets à revivre.

— Oui, bien sûr.

— Alors je suis contente.

Elle ferme les yeux. Son employée s'approche de moi sans bruit afin de me conduire jusqu'à la porte d'entrée. La vieille dame s'est endormie.

33

La grange brûle

1969

René était furieux. Il voulait bien prendre des risques pouvant le mener en prison, manipuler des connaissances pour arriver à ses fins, mais il fallait que le résultat en vaille la peine. Or, l'empoisonnement des bêtes des Portman n'avait servi à rien. Jacques continuait à voir Adeline, même s'il le faisait un tout petit peu plus discrètement qu'auparavant et dépensait encore son argent de manière ostentatoire, ce qui signifiait que d'ici quelques mois, il n'hésiterait pas à lui en demander de nouveau.

Son beau-frère se comportait comme s'il n'y avait aucun problème. L'entrepreneur décida de monter d'un cran afin de l'effrayer davantage. Pour cela, il devait s'assurer que ses deux complices étaient toujours aussi mobilisés. René ne voyait pas d'autre solution. Il ne possédait pas assez de courage pour s'attaquer, seul, à Jacques. Il voulait des alliés et ces derniers n'étaient intéressés que par les Portman. Il allait devoir continuer à s'acharner sur les Portman pour toucher Jacques. C'était injuste pour le couple, mais ce point ne dérangeait pas outre mesure René.

Steven Portman, persuadé d'avoir empoisonné ses bêtes, n'avait visiblement rien compris. Le gentleman-farmer, comme on le surnommait dans les environs, possédait donc toujours ses champs si riches en jachère.

Bernard Laplace qui habitait la Pitancière, la ferme à côté de celle des Portman, connaissait Charles, car leurs deux femmes étaient devenues amies. Il lui avait raconté une discussion incroyable qu'il avait eue avec Steven. L'homme, qui voulait entretenir de bonnes relations avec son voisin le plus proche, avait demandé à Steven pourquoi il ne cultivait pas plus intensivement toutes ses terres.

— Tu ne devineras jamais ce qu'il m'a répondu ! Il se reconvertit à l'agriculture biologique ! Sans argent, il dépollue les champs avant de pouvoir les mettre en culture sans une trace de pesticide ! Il fait partie d'une nouvelle association qui s'appelle *Nature & Progrès*.

— Il n'a vraiment rien compris. Pour réussir dans ce métier, il faut produire… et puis, les pesticides nous ont permis de sortir de la disette, d'améliorer nos rendements. Il veut revenir au Moyen Âge ?

— Je lui ai demandé s'il ne pouvait pas envisager une phase de transition un peu moins pointilleuse et sa réponse n'a laissé aucune ambiguïté planer. L'agriculture de masse ne l'intéresse pas, il investit dans la qualité et la santé. Il m'a expliqué que même s'il était précurseur et en avance sur son temps, il avait déjà trouvé des débouchés avec certains restaurants haut de gamme.

Charles n'en revenait pas non plus et avait tout raconté discrètement à François et René après la messe sur le parvis de l'église.

— Pas étonnant qu'il ne s'en sorte pas financièrement ! Avec ce type de culture, tu ne produis pas assez.

— Ce mouvement ne va pas durer… Il ne peut pas tenir économiquement et puis les gens, ils ne se demandent pas comment est fabriquée leur nourriture, ils veulent juste que cela ne soit pas cher !

Depuis l'empoisonnement des bêtes des Portman, les trois hommes évitaient de se donner rendez-vous dans des lieux publics et si cela leur arrivait, ils échangeaient des propos très neutres sans aucun lien avec leurs préoccupations. Cela faisait un petit moment qu'ils ne s'étaient pas revus tranquillement.

Un soir, ils se retrouvèrent chez Charles, seuls, car sa femme était partie rendre visite à une vieille tante malade à une centaine de kilomètres de là. Ils burent une bière bien fraîche avant d'aborder le vrai sujet de leur rencontre.

René fut satisfait de l'état d'esprit de Charles Vignon et de François Geandon. Pas de doute, ils étaient très remontés. Le comportement intransigeant de Portman les dépassait. La nécessité d'une nouvelle intervention plus dure s'imposait.

— Ta femme peut-elle s'assurer de l'emploi du temps des Laplace ?

— Oui, bien sûr.

— Très bien, dès qu'ils partent, on agit…

Personne ne proposa, pour autant, une idée. René relança le débat qu'il sentait mollir :

— Bon, il faut frapper fort, maintenant…

Charles approuva vivement :

— On peut détruire leurs biens. On peut incendier leur maison ou leur voiture ?

François prit la parole, très inspiré :

— Leur domicile, cela peut être dangereux, on n'est jamais sûr qu'il n'y ait personne dedans. Je ne veux pas être inculpé de meurtre. Mais, je vous propose autre chose…

Les deux hommes le regardèrent, intéressés :

— Si on brûlait leur grange, on ferait coup double. D'une part, on éliminerait une partie de leur patrimoine, d'autre part, ils perdraient leur fourrage et leurs chevaux.

René ne put s'empêcher d'applaudir. L'idée paraissait excellente. Certes, le couple avait dû prendre des assurances, mais celles-ci ne fonctionnaient pas en cas d'incendie criminel. Même si personne ne remarquait que le feu n'était pas accidentel, de l'eau aurait coulé sous les ponts le temps qu'elles remboursent les Portman, et ils ne seraient plus en mesure de rester faute de moyens financiers.

Très fiers de leur trouvaille, les trois compères levèrent leurs verres et trinquèrent à la réussite de cette nouvelle mission.

Les trois hommes avaient acquis de l'expérience lors de leur précédent raid. Ils s'organisèrent plus rapidement. Lorsque Marie-Hélène Vignon annonça à son mari que les Laplace partaient du vendredi soir au dimanche après-midi à Alençon dans leur famille, ils s'arrangèrent pour que Steven soit invité le samedi soir à une partie de cartes à plusieurs kilomètres de chez lui. Cette fois-ci, ils se répartirent les tâches pour plus d'efficacité.

Lorsqu'ils se trouvèrent sur les lieux, René coupa la ligne de téléphone afin qu'Adeline ne puisse pas appeler à l'aide. François s'occupa de crever les pneus de la voiture. Charles aspergea d'essence la grange et fit craquer une allumette.

L'opération, menée de façon quasi militaire, ne dura que quelques minutes. Il n'avait pas plu depuis des jours, la canicule pesait en ce mois de juillet. Le foin était donc très sec et le feu prit vite.

Dès que le départ de l'incendie apparut certain, les trois hommes se sauvèrent sans attendre.

34

Le guet-apens

1992

Quinze jours après avoir reçu les menaces, je trouve dans ma boîte aux lettres, un second courrier anonyme entièrement tapé à la machine à écrire. Cela devient une manie. Une enveloppe blanche avec juste mon nom sur une étiquette collée dessus, pas de timbre. À l'intérieur, figure un message :
Je possède des preuves importantes à vous transmettre concernant votre enquête. Retrouvez-moi, demain, à 18 h 30, seule, au parc du Grand Frêne, sur la départementale 9, entre Berd'huis et Nogent.
Nous sommes fin novembre. Je réalise qu'à cette heure-là, il fera nuit depuis un bon moment. Je me dis que si on voulait susciter ma curiosité afin de m'attirer dans un piège, on ne procéderait pas autrement, d'autant plus qu'il est précisé : seule. Cela signifie sans garde du corps, sans Emma, sans policier, sans Jean, ce qui est hors de question.

Emma voudrait venir, mais le rendez-vous tombe un vendredi soir et la jeune femme participe à un jeu grandeur nature qui dure, si j'ai bien compris, tout le week-end, dans le sud de la France. Elle part dès le vendredi soir sur les routes avec sa deux-chevaux. Je lui ai proposé de prendre ma voiture toute neuve. Cette 205 1,9 i Gentry A, trois portes, avec sièges en cuir, me semble bien plus adaptée pour aller jusqu'à Pau que son véhicule à bout de souffle. Elle refuse gentiment mon offre. Je réalise petit à petit que je m'attache à elle et que je me conduis comme une mère poule. Cela m'amuse et m'agace à la fois. Emma, très inquiète à mon sujet, me propose d'annuler son week-end, mais je la rassure en lui expliquant qu'il ne se passera rien d'extraordinaire et que je ne prendrai aucun risque. Ce n'est pas exactement la vérité, mais je veux juste la tranquilliser pour qu'elle parte s'amuser.

Son absence ne changera rien, ma décision est prise. Deux lettres anonymes à la suite, cela paraît très bizarre. Je me méfie, mais je ne suis pas effrayée pour autant, car mes gardes du corps restent à mes côtés.

Jean est également très présent. Notre relation, amicale au départ, se transforme progressivement. J'apprécie les moments que nous passons ensemble. Nous aimons nous promener dans la nature, discuter sans fin et il apprécie la lecture.

Cet homme très calme pratique un humour un peu décalé que je ne soupçonnais pas ! Nous sommes en train de tomber amoureux l'un de l'autre. Petit à petit, il a abandonné son appartement très fonctionnel de Nogent pour s'installer au Moulin. Sa présence me rassure et il veille sur moi. Je lui parle bien évidemment des lettres anonymes. Tout comme moi, Jean prend cette affaire très au sérieux. Nous ne croyons pas un instant qu'il s'agisse d'une rencontre secrète pour me donner des informations, mais bien d'un piège visant à me menacer pour que je cesse mes recherches et peut-être même que je parte. Il contacte un gradé à la gendarmerie avec qui il travaille régulièrement. Ce dernier accepte de nous recevoir dans la journée. Une fois les faits expliqués, j'insiste pour honorer ce rendez-vous.

Je veux connaître celui ou ceux qui tentent de me faire peur et qu'on les arrête. J'ai envie d'aller au bout de cette histoire afin de ne plus avoir à subir ce type de pression. Pas téméraire et inconsciente pour autant, je ne me rendrai pas là-bas sans être accompagnée, mais mes anges gardiens devront rester suffisamment discrets pour ne pas faire fuir mon ou mes interlocuteurs. Nous avons décidé de leur tendre un piège et je serai l'appât. Je me crois dans un film policier et suis ravie.

Le lendemain, je me présente, en apparence seule, devant la grille rouillée du parc du Grand Frêne. Il fait nuit et les lieux semblent très anciens et abandonnés depuis plusieurs années. Il y a trois bâtiments. Une petite bâtisse sur la droite, des dépendances sur la gauche et la maison principale, en retrait de la route, en face de l'entrée. L'endroit, qui devait être magnifique lorsqu'il était entretenu, tombe en ruine. La grande demeure est située en arrière-plan et, peut-être parce qu'il fait très sombre, elle me semble particulièrement lugubre. Tous les volets sont fermés. De hauts arbres dénudés l'entourent.

Même si je ne les vois pas, je sais qu'il y a des hommes cachés depuis ce midi un peu partout dans le parc. Ils n'ont pas rencontré âme qui vive et nous avons peur que notre plan ait été éventé et que personne ne vienne au rendez-vous.

Pour accéder à la maison, je dois marcher d'abord sur des gravillons puis sur un sol boueux. Je prends mon temps pour ne pas glisser et cela me semble interminable. Je l'avoue, maintenant que je dois passer à l'action, je m'inquiète sans mes gardes du corps avec moi. La construction est dans les tons marron, en pierre de taille au rez-de-chaussée et en bois et torchis au premier étage, avec un toit en tuiles pentu. En m'approchant de la porte, je me rends compte qu'elle est entrouverte. Je la pousse et elle se met à grincer. Je frissonne. J'éprouve la sensation de pénétrer dans la maison hantée d'un film d'épouvante et j'entends les battements de mon cœur s'accélérer. L'entrée, minuscule, donne sur une grande salle. Une bougie est allumée sur une gigantesque table en chêne massif. J'aperçois une feuille de papier à côté. Je m'approche et constate qu'elle contient de nouvelles instructions :

Allez dans les dépendances (bâtisse aux volets bleus à l'entrée du parc), une surprise vous y attend.

Je me retrouve, me semble-t-il, dans un jeu de pistes. Tout ne se passe pas aussi simplement que prévu.

Je me pose beaucoup de questions : les personnes assurant ma protection ont-elles vu ce mot et mis sous surveillance le bâtiment ? Cela m'étonnerait, car, dans ce cas, on m'aurait prévenue. Je sais, par les gendarmes, que des micros sont cachés dans la maison, mais je ne me rappelle pas qu'un dispositif quelconque ait été installé ailleurs. Je déglutis péniblement. La curiosité est un vilain défaut ! Est-il vraiment nécessaire que je m'acharne sur ces histoires qui n'intéressent plus personne depuis des années ? Plus toute jeune, si je suis attaquée, je ne pourrai plus me défendre comme je l'aurais fait à trente ans.

Mais j'assume. J'ai demandé à être un appât, pas question de me désister. Je vais sur les lieux. Je retraverse la grande cour. Toujours aucune lumière. Le bâtiment, dans lequel je dois me rendre, se trouve dans le noir. Je m'interroge à nouveau sur la possibilité d'abandonner la partie et je me convaincs que personne ne m'en voudrait. Je réalise que le problème n'est pas le jugement des autres, mais ma fierté mal placée.

Je scrute autour de moi à la recherche d'un soutien quelconque, mais je n'en vois aucun. Je prends une profonde inspiration et entre. Dès que j'ai refermé la porte, je suis violemment éblouie par une puissante lampe torche. Je suis aveuglée. Je devine deux formes noires devant moi. Je suis effarée par toute cette mise en scène. Mes yeux s'habituent un peu à la lumière et les deux individus semblent porter des cagoules. J'attends en silence qu'ils prennent la parole, ce qu'ils font après quelques secondes. Leurs voix sont déformées.

— Vous devez arrêter vos recherches sinon tout cela va mal finir.

Nous avions donc raison. Je n'avais pas été invitée pour apprendre de nouvelles révélations, mais bien pour recevoir une mise en garde plus musclée que la précédente. Tout cela m'agace assez pour que je dépasse ma peur et les invective de manière agressive et peu diplomatique, je l'avoue.

— Qu'est-ce qui vous effraie ? Ces histoires datent et plus aucune poursuite n'est possible à présent.

— Vous ne savez rien. Vous ne réalisez pas le mal que vos découvertes peuvent provoquer.

— Je ne compte pas révéler quoi que ce soit. Je souhaite juste comprendre ce qui s'est passé.

Soudain, un grand bruit retentit et la porte d'entrée, qui avait été refermée à clé, après que je suis rentrée, explose littéralement. Des hommes pénètrent dans la pièce, eux aussi, avec des torches, tout en noir. Les gendarmes interviennent enfin. Je me sens soulagée, tout cela va se terminer dans quelques secondes.

J'ai tort. L'un des deux intimidateurs me prend sous les bras, collant mon dos contre lui, et m'entraîne. Il sort un pistolet et vise ma tempe.

— Ne vous approchez pas ou je la tue !

Son complice se met derrière nous et ouvre une porte pour que nous pénétrions dans une autre salle. Les gendarmes lancent des fumigènes et je tousse comme eux. Je ne résiste pas, car je tiens à la vie, mais me fais lourde et molle, comme si j'avais perdu connaissance. Je ne sais pas si cela gêne mon kidnappeur. Il ne dit rien et ne semble pas s'apercevoir du changement. Nous parvenons à sortir de l'endroit étouffant où nous nous trouvons.

Nous voilà à présent de nouveau dans le noir. Je me mets à crier pour que les gendarmes puissent me localiser. Mes deux agresseurs paniquent. Tout ce qui arrive n'était pas prévu. Ils parlent à voix basse.

— Où est-ce qu'on va maintenant ?

— Je ne sais pas. On sort par la porte de derrière et on s'enfuit par où nous sommes venus. Personne ne nous connaît. On a encore nos chances.

— D'accord. Je comprends. Bon, on ne peut pas la laisser libre de ses mouvements, elle alerterait trop vite les gendarmes. Qu'est-ce qu'on fait d'elle ? dit l'un d'eux en me désignant.

— On la bâillonne, on l'attache.

Je tente de résister.

— Pourquoi voulez-vous me bâillonner ? Qu'est-ce que cela va changer ? Sauvez-vous plutôt.

— Tu arrêteras de parler, ce qui nous fera du bien, et les gendarmes mettront plus de temps à intervenir.

Très efficaces, ils ne communiquent plus alors que je continue à essayer d'établir un dialogue. Ils ont apporté de la corde et du ruban adhésif. Je réalise que cette partie-là du scénario était programmée. Je me retrouve, en moins de deux, attachée solidement sur une chaise, un gros morceau de scotch appliqué sur la bouche.

Ils paraissent vraiment contents de me contraindre au silence. J'ai dû trop parler. Les deux hommes s'enfuient ensuite. Ils ont perdu la bataille, mais pas totalement, car, maintenant, je ne peux plus appeler à l'aide et guider les forces de l'ordre afin de leur permettre de pénétrer dans la pièce sans attendre.

Je m'agite dès qu'ils sont partis. Je me balance sur ma chaise, ce qui provoque du bruit. J'entends les gendarmes hurler aux hommes de se rendre. A priori, ils ne les ont pas vu partir.

J'enrage. Je ne veux pas qu'ils s'en sortent. Chaque seconde qui passe est un temps précieux de perdu pour les capturer. Je fais tomber ma chaise et me blesse. Je reprends mes esprits, à moitié assommée. Je bouge comme une folle.

Au bout d'un moment qui me semble très long, la porte s'ouvre enfin. Les projecteurs se braquent vers moi. Je respire. Je suis sauvée.

Dès que je peux de nouveau parler, je leur explique par où sont partis les fugitifs. Plusieurs hommes se lancent à leurs trousses.

Tremblante et en pleurs, je me réfugie dans les bras de Jean qui participe aussi à l'opération. Je l'aime, c'est une certitude, je veux finir mes jours avec lui. Vu comment il m'étreint, mes sentiments semblent partagés, ce qu'il me confirmera quelques heures plus tard après m'avoir embrassée avec passion.

35

Les aveux de François

1992

Je me réveille le lendemain avec d'horribles courbatures. Je ne me suis endormie qu'à deux heures du matin et j'ai passé une nuit très agitée. Les images de la veille sont revenues sans cesse dans mes rêves. Lorsque j'ouvre les yeux, j'ai la sensation d'avoir pris vingt ans. Je suis couverte de bleus et d'égratignures un peu partout. J'ai également mal à la tête, j'ai dû me faire une sacrée bosse quand je me suis fait tomber avec ma chaise. Je me prépare lentement. Je suis fatiguée. Je continue à être obsédée par mes aventures et je n'admets pas que mes assaillants aient pu s'enfuir après tout le mal que je me suis donné pour les confondre.

Jean et moi n'avons reçu aucune nouvelle depuis hier et j'imagine alors que si mes agresseurs avaient été arrêtés, mon compagnon aurait été immédiatement prévenu.

En m'habillant, je me remémore, une nouvelle fois, ce que je sais. Les gendarmes se sont postés en début d'après-midi dans la propriété. Ils y ont posé des micros. Quand ils sont venus à 13 heures, il n'y avait personne.

Sur les trois bâtiments, seule la maison principale était ouverte. Les efforts de surveillance se sont donc logiquement concentrés à cet endroit-là.

La fin des événements est très nette dans mon esprit. Les deux fuyards m'ont attachée et sont passés dans la pièce derrière moi. Ils ont refermé la porte. Au moment où ils sont sortis, des fumigènes ont commencé à envahir le lieu où je me trouvais. Les gendarmes sont alors entrés et ont immédiatement pris en chasse mes agresseurs. Après, je n'ai aucune idée de ce qui s'est passé.

Plusieurs énigmes m'obnubilent : comment le papier était-il arrivé sur la table de la grande salle ? Comment la porte des dépendances avait-elle été ouverte sans qu'on s'en aperçoive ? Comment les individus avaient-ils pu pénétrer dans la propriété sans qu'on s'en rende compte ? Et surtout quelles sont leurs identités ? Ma curiosité est à son comble.

J'obtiens les réponses à mes questions de manière inattendue. En fin de matinée, un ami de Jean, Simon, nous rend visite. Gradé dans la gendarmerie, ce géant blond d'une centaine de kilos, âgé d'une cinquantaine d'années, nous communique les dernières évolutions de l'enquête :

— La porte, par laquelle les deux individus se sont sauvés, donne sur une petite pièce qui ressemble à un hall d'entrée. Elle ne possède qu'une ouverture vers l'extérieur qui est condamnée. Or lorsque les gendarmes pénètrent dans la salle, les fugitifs se sont évanouis dans la nature. Après quelques recherches rapides, on découvre une trappe au sol qui débouche sur un souterrain.

Ce que Simon nous raconte ne m'étonne pas. J'imagine que l'endroit devait servir de refuge, de stockage et de sortie de secours pendant les guerres, ce qui n'apparaît pas surprenant lorsqu'une demeure a été construite des centaines d'années auparavant. Je l'écoute poursuivre :

— On descend quelques marches et le couloir étroit et sombre s'ouvre sur une petite salle pour se diviser ensuite en deux : le premier tombe sur un grillage fermé avec un cadenas, le second continue vers la grande maison. La grille est enfoncée en quelques instants. Nous nous retrouvons, à cent cinquante mètres de là en bordure d'un champ, juste derrière les arbres qui entourent la propriété. Personne ne surveillait cet endroit puisque nous ignorions l'existence du sous-terrain. On devine les traces des fuyards jusqu'à un chemin de campagne sur lequel des marques de pneus de vélos restent visibles, la terre étant légèrement humide. Les deux hommes ont pu partir sans bruit dans la nuit. Ils ont fui. Des barrages sont installés sur les petites routes et dans Nogent. Des battues s'organisent… Et on pense alors que les individus recherchés ont réussi à nous échapper…

Simon prend un verre d'eau. Impatiente, je me retiens de lui poser les dizaines de questions qui me viennent à l'esprit pour le laisser parler.

— Parallèlement à cela, des collègues sont appelés sur un grave accident de voiture causé par une perte d'adhérence sur une chaussée rendue glissante par une pluie fine. Les pompiers, déjà sur place, ont trouvé, en arrivant, une camionnette, qui commence à fumer, renversée sur le bas-côté. Ils n'effectuent aucun rapprochement avec les fugitifs recherchés dans la région puisqu'on les croit en vélo. Ils voient des traces de freinage. Ils comprennent que le conducteur roulait trop vite. Soit il a tenté d'éviter un animal, soit il a perdu le contrôle de son véhicule. Deux individus, encastrés et inconscients, sont sortis de la voiture, avec beaucoup de difficultés. Leurs identités sont établies immédiatement, car ils portent leurs papiers sur eux. Il s'agit de Charles Vignon et de François Geandon. L'état de Charles est désespéré et il décède quelques minutes après dans le camion des pompiers. Victime d'une commotion cérébrale inquiétante, François est emmené aux urgences.

Je l'interromps, je veux tout savoir.

— Est-ce qu'il s'agit de mes agresseurs ?
— Oui, en effet.
— Je ne les connais pas. Comment les enquêteurs ont-ils établi le lien entre eux et notre affaire ?
— Il y avait des cagoules, des gants dans la voiture. Ils étaient vêtus de noir.
— Est-on sûr qu'il s'agit d'eux ?
— François Geandon s'est réveillé ce matin. Il a tout avoué.
— Je suis soulagée que ce soit fini. Ils ont donc abandonné leurs bicyclettes. Les a-t-on retrouvées ?
— Oui, dans un fossé pas très loin de la maison. Ils étaient très bien organisés.
— Pourquoi m'en voulaient-ils ?

Je reste sur ma faim, mais quelques heures après, la situation évolue. Simon revient nous voir dans l'après-midi. Énorme atout, le géant blond travaille souvent avec Jean et a également enquêté sur les affaires de la famille de La Flandrière et celle de Portman et se souvient très bien de tous les détails. Il nous raconte comment les aveux se sont déroulés :
— On n'a pas eu à l'interroger longtemps. Il est complètement retourné par son accident et la mort de son ami. Il évoque même une vengeance divine. On lui a demandé s'il voulait l'assistance d'un avocat, il a répondu que ce n'était pas nécessaire. Il parlait lentement, comme en état de choc. Il lui semblait indispensable de tout avouer. Il répétait tout le temps que tout cela était allé bien trop loin... Il est remonté dans le temps...

Simon nous raconte alors la version de François Geandon :
— L'arrivée des Portman à Dancé a été au début bien vécue, car tout le monde trouvait dommage que le Moulin soit à l'abandon. Mais rapidement, le côté un peu je-sais-tout de Steven Portman, qui regardait les agriculteurs avec l'œil un peu hautain de celui qui a fait de hautes études d'agronomie,

les a énervés. Leur énervement s'est transformé en colère lorsqu'ils se sont rendu compte qu'il avait réussi à acheter des terrains adjacents aux siens outrepassant les règles tacites entre les paysans de la région et qu'en plus, il dépolluait ces terres pleines de pesticides, d'insecticides et de produits chimiques. Ils trouvaient cela complètement utopique et voué à l'échec. François Geandon parlait tout le temps avec Charles Vignon de ces terres en jachère. Ils se montaient la tête mutuellement et voulaient que le couple Portman parte ou se mette au diapason des pratiques locales. C'est à ce moment qu'ils se mettent à discuter avec René Dutour.

— René Dutour ? Le mari de Jeanne de La Flandrière ?
— Oui. Pourquoi ?
— J'ai rencontré sa belle-mère et sa femme, d'où ma surprise. Juste une coïncidence.

Je ne dis rien de plus. Pas question de leur expliquer le rôle que cet homme a joué dans la mort de Gaston. Cela ne servirait à rien pour l'enquête en cours et en plus, je ne pourrais plus compter sur la collaboration des deux femmes. Or, j'ai encore besoin d'elles, je le sais, pour obtenir toutes les réponses que j'attends. Ma réponse a l'air de convenir et Simon poursuit.

— Les trois hommes s'entendent comme des larrons en foire et décident de passer à l'action. Ils empoisonnent les bêtes, font un message anonyme, incendient la grange.

— René Dutour aurait attaqué les Portman pour obtenir de meilleurs accès à certains de ses champs ? C'est incroyable. Cet homme n'est pas un cultivateur, il loue ses terres et se consacre à son entreprise de matériels agricoles. Tout le monde le sait. Quelle est la motivation du mari de Jeanne ?

— Oui, en effet. Nous avons également été très surpris. François Geandon a avoué que, lui aussi, il avait trouvé cela bizarre. Mais les Portman, avec leurs champs inutiles qui les empêchaient d'accéder facilement aux leurs et de les agrandir, les rendaient tellement fous qu'ils se moquaient royalement des motivations de Dutour. Autre chose étrange, François Geandon dit que Charles et lui n'ont pas participé à la construction du barrage qui avait détourné le ru qui longeait la propriété des Portman.

— Il a raconté comment ils en sont venus à vouloir m'attirer dans la maison abandonnée. Que comptaient-ils faire exactement ?

Simon me sourit, amusé par tant d'impatience. Il commence à bien me connaître, car nous nous côtoyons régulièrement depuis que je fréquente Jean.

— Tu les gênais avec tes questions sur toutes ces affaires, ton désir de savoir la vérité. Ils sentaient que tu allais parvenir à tes fins et que tu allais tout dévoiler. Ils ont décidé de te faire peur avec des lettres anonymes, mais vu que tu ne semblais pas réaliser que leurs demandes n'étaient pas optionnelles, ils sont ensuite passés à des choses plus sérieuses sans imaginer un seul instant que cela se terminerait ainsi.

— Voulaient-ils juste m'effrayer ?

— Oui. Tu aurais dû finir attachée à un siège avec des nœuds suffisamment lâches pour que tu puisses te détacher, mais suffisamment serrés afin qu'ils puissent s'enfuir. Ils partaient du principe que ta curiosité l'emporterait. Ils n'ont jamais imaginé que nous viendrions avec toi pour les arrêter.

— Comment ont-ils fait pour entrer dans la maison ?

— Ils connaissaient ses anciens propriétaires, les Bouvier. Des personnes âgées qui sont mortes sans enfant. Les héritiers, des neveux et nièces, vivent à Aubagne et ne sont absolument pas intéressés par les lieux. Les Bouvier étaient des amis des parents de Charles. Charles, petit, jouait souvent chez eux et on lui a montré le sous-terrain qui a bien servi pendant la Seconde Guerre mondiale. Ils sont passés par là afin d'éviter qu'on puisse les repérer, ce qui aurait pu arriver s'ils étaient venus par la route. Ils sont donc arrivés directement dans la maison pour déposer le papier sur la table puis sont repartis par le sous-terrain jusqu'à la dépendance qu'ils ont ouverte de l'intérieur et nous n'avons rien vu.

— Tout me semble clair, maintenant. Après, je voudrais bien savoir exactement les vraies motivations de René dans cette affaire…

36

Le retour d'Emma

1992

Emma revient le dimanche soir, enchantée de son week-end. Elle découvre, avec effarement, tout ce qui s'est passé pendant sa brève absence.

— Quelle frustration ! Je pars deux jours et notre enquête avance à grands pas. Comment vais-je faire ? J'avais prévu de me rendre bientôt à une conférence avec la *Société des Amis du Muséum de Chartres et des Naturalistes d'Eure-et-Loir*.

— Ah bon ? Qu'est-ce que c'est comme association exactement ?

Les loisirs d'Emma me plongent toujours dans une grande perplexité.

— Le thème de la conférence portera sur les orchidées. Cela devrait être passionnant. Mais je ne peux pas rater une nouvelle fois des moments comme cela. Je vais annuler.

Sa réaction me fait plaisir. Elle aurait pu avoir peur, mais elle regrette juste de ne pas avoir été présente à un moment crucial de notre enquête. Cependant, je tente de la raisonner.

— Tu dois sortir un peu et te changer les idées. Tu ne peux pas tout le temps rester au Moulin.

— Tu ne t'en rends pas compte Édith, mais c'est la première fois que je participe à la résolution d'une énigme et j'adore ça ! C'est palpitant. Bien sûr, il n'est pas envisageable que je devienne détective, mais j'adorerais avoir ton talent.

— Mon talent de romancière ?

— Oui, de romancière et d'enquêtrice. Tu sais qui aller voir, comment faire, remonter des pistes. Tu n'as peur de rien.

— Il n'y a rien de bien sorcier, juste un peu de méthode. Tu es intelligente et tu apprends vite.

La jeune femme ne semble pas persuadée que tout soit aussi simple. Néanmoins, elle abandonne le sujet et veut agir.

— Quelle est la prochaine étape ? Comment puis-je être utile ?

— J'attends que Marie de La Flandrière m'appelle. Elle a encore des choses très intéressantes à me raconter, j'en suis sûre, mais elle est tombée malade et a annulé le deuxième entretien que je devais avoir avec elle. Cela pourrait prendre un peu de temps avant qu'elle ne se rétablisse.

— En attendant, nous ne pouvons pas avancer autrement ?

— Non, pas pour le moment. Sinon je ne t'ai pas dit, mais la première semaine des vacances de Noël, nous sommes toutes les deux invitées chez Adeline pour rencontrer Philippe qui a ton âge.

Elle éclate de rire.

— Mon cas n'est pas si désespéré que cela. Tu n'as pas à jouer les entremetteuses !

Je souris. Je ne lui avoue pas que Philippe a peu de chance d'être intéressé par une femme.

Elle réalisera vite toute seule que François d'Esclard est son amant.

— Non, tu as un vrai rôle à jouer. Tu es mon excuse, mais mon but est de comprendre les motivations de Philippe.

Pourquoi a-t-il tout fait pour que j'achète le Moulin ? Qu'attend-il de moi ?

Emma rayonne. Je ne pouvais pas lui faire plus plaisir. Elle va participer à l'enquête et plus seulement me trouver des articles de journaux. Pour autant, elle ne lâche pas l'affaire :

— Je souhaite venir avec toi chez Marie.
— Je ne suis pas certaine qu'elle acceptera.
— Je ne suis pas inquiète, tu sais être persuasive…

37

Marie revoit Édith

1992

Je retrouve avec impatience Marie quinze jours après notre premier entretien. Je n'avais guère espoir de la rencontrer à nouveau. À cet âge-là, le moindre rhume peut dégénérer rapidement. Lorsque son employée me rappelle pour me dire de passer, je suis agréablement surprise que la mère de Jeanne ait encore envie de me voir.

J'ai longuement négocié la venue d'Emma. J'ai promis qu'elle ne prononcera pas un mot et qu'elle ne répétera rien de ce qu'elle entendra. Emma s'est engagée à tenir sa langue.

Lorsque nous arrivons chez la vieille dame, elle se fait discrète. Ne pas tenir un rôle actif ne la dérange pas, elle veut juste être présente.

Marie me semble bien menue et plus petite dans son fauteuil que la dernière fois. Je n'ose pas lui demander ce qu'elle a eu, mais elle a été vraiment malade. Elle ne questionne pas Emma et ne perd pas de temps pour revenir au sujet qui m'intéresse.

— Sachez, Édith, que je n'ai pas voulu vous éviter. À mon âge, la moindre infection est prise très au sérieux et je n'étais pas suffisamment en forme avant aujourd'hui pour continuer cette remontée dans le temps avec vous. Nous en étions arrivées à un moment clé de mon existence. Le moment du miracle, n'est-ce pas ?

Marie a bonne mémoire. Elle n'a pas perdu son humour à ce que je vois. Elle pétille. Je sens qu'elle a hâte de se confier. Je hoche la tête sans l'interrompre.

— Le miracle s'est produit quand ma fille m'a trouvée rouée de coups en passant me rendre visite à l'improviste un jeudi après-midi. Jeanne savait que le Vieux ne se trouverait pas à la maison, car je le lui avais dit le matin même au téléphone. Elle avait senti que quelque chose n'allait pas malgré tous mes efforts pour paraître normale. Devant mon mutisme, elle n'avait pas insisté et avait préféré venir me voir. Lorsqu'elle réalisa dans quel état je me trouvais, elle se mit en colère. Je n'étais pas belle à voir avec des bleus partout sur le corps et mon visage tout boursouflé. J'avoue que mon mari n'y était pas allé de main morte, peut-être sentait-il que j'opposais moins de résistance, que je me résignais. En pleurs, ma fille me cria :

— Je ne comprends pas pourquoi tu restes toujours avec mon père ! Je t'ai déjà dit mille fois que je voulais t'aider. Il est violent ! Il va finir par te tuer...

Me mettant à pleurer à mon tour, j'ai tenté de lui expliquer ma situation :

— Je ne touche aucun revenu, je n'ai plus l'âge de travailler et je ne veux pas être à ta charge.

Puis, j'ai cédé devant sa détresse :

— J'ai essayé par tous les moyens traditionnels connus dans notre famille depuis des générations de guérisseurs d'empoisonner le Vieux pour le rendre gravement malade. Mais il résiste à tous mes sortilèges. Je ne vois pas d'autres issues que de le tuer ou de me suicider. Cela ne peut plus continuer comme cela.

Ma fille a saisi la balle au bond et m'a avoué qu'elle, aussi, était arrivée à la même conclusion. Cela m'a stupéfiée. D'une part, il s'agissait de son père, enfin, elle le croyait, et d'autre part, envisager un meurtre était quelque chose de grave, mais elle ne supportait plus qu'il s'en prenne à moi et me brutalise. Elle ne voulait pas qu'il me tue.

Nous nous sommes effondrées dans les bras l'une de l'autre en sanglotant et n'avons plus abordé le sujet. Mais la graine était plantée et lorsque nous nous sommes revues quinze jours plus tard, la situation avait nettement évolué. Nous étions devenues solidaires et prêtes à passer à l'action.

Je lui ai avoué quelque chose d'essentiel afin de soulager sa conscience. Je lui ai appris que Gaston n'était pas son père et lui ai parlé de mon amant. Il était mort depuis dix ans à cette époque-là et n'avait jamais rencontré sa fille puisque dès que ma grossesse était devenue évidente, il s'était enfui. Passé un instant de surprise, Jeanne prit cette révélation comme une excellente nouvelle qui la délivrait de manière définitive de l'horreur que pouvait constituer un parricide, et cela la renforça dans sa décision de mettre fin à mon calvaire.

Elle m'annonça que René allait se charger de tout. Je devais juste la prévenir lorsque Gaston partirait à la chasse le jour de l'ouverture. Je n'ai pas posé de questions et elle ne m'en a pas dit davantage. Je ne sais pas exactement ce que mon gendre lui a raconté. Nous n'avons jamais évoqué le sujet toutes les deux après. Mais nous savons depuis toujours que René nous en a débarrassées. Je reste redevable envers Jeanne et René pour tout cela. Cela explique d'ailleurs pourquoi je ne suis pas intervenue ensuite.

Marie prend alors une grande inspiration. Elle semble réfléchir les yeux mi-clos. Au moment où je me demande si elle ne s'est pas endormie, elle se redresse, se penche et amène lentement un verre d'eau à sa bouche. Ses beaux yeux gris me jaugent. Elle doit sentir que je ne porte pas de jugement sur ce qu'elle me raconte, car elle continue.

— Ensuite, les choses se sont compliquées... Jacques et Jeanne se sont fâchés pour l'héritage... Le Vieux avait caché un magot. Nous le savions tous. Dès que son corps a été retrouvé, nous nous sommes précipités au manoir pour le chercher.

— Qui, nous ?

— Jeanne, Jacques et moi. Nous avons récupéré un beau pactole. Lorsqu'il a fallu le partager, cela a été le drame. Jacques a trouvé que sa sœur possédait déjà suffisamment d'économies et qu'elle n'avait pas besoin de sa part du magot. Il était devenu irrationnel. Mes enfants se sont brouillés et je leur ai donné ma part pour calmer Jacques. L'argent peut produire un effet incroyable sur les gens. Jacques a changé après cela. Nous sommes partis vivre sur Nogent dès que le manoir a été vendu. Nous avons acheté chacun notre appartement dans le même immeuble. Je voyais bien qu'il n'allait pas bien. Il ne travaillait plus beaucoup et réclamait toujours plus d'argent, au point où je me suis demandé s'il ne jouait pas comme son père... Et puis il a dérapé...

Ma curiosité devient plus forte que tout. Je sens que si je veux en savoir plus sur ce fameux magot, il faut que je l'interrompe, car Marie avance dans le temps très vite.

— Marie, puis-je vous poser une question ?

— Oui, bien sûr.

— D'où venait ce magot ?

La vieille dame se mit à rire.

— C'est drôle que vous me demandiez cela, car mes propres enfants ne m'ont jamais questionnée. Ils devaient penser que je n'en avais aucune idée parce que le Vieux ne me confiait jamais quoi que ce soit sur son argent. Ils avaient tort. Je savais. Le magot était constitué de pièces d'or, de Napoléon 20 francs, plus précisément.

Elle rit de nouveau.

— Comme un trésor de pirates !

Cela m'amuse aussi, car c'est exactement l'image qui me vient à l'esprit quand elle me parle des pièces d'or.

— Il les a récupérées pendant la Première Guerre mondiale alors qu'il était fantassin dans l'est de la France, pas loin de Reims, je crois. Son armée en pleine déroute, les soldats s'étaient dispersés dans la nature pour échapper à l'ennemi. Blessé à sa jambe droite qui saignait abondamment, il avançait lentement et il s'est retrouvé tout seul. Complètement perdu, il est arrivé sur une route qui venait d'être bombardée par des tirs de mortier. Il y avait des corps déchiquetés partout, des voitures à cheval et des camions en feu. Il s'agissait d'une colonne de civils qui fuyaient une zone de guerre. Il s'est approché d'un véhicule pour voir s'il pourrait le prendre pour aller à l'hôpital au plus vite, et là, il a aperçu, défoncée par le souffle d'une bombe, une valise qui contenait de l'or. Je n'ai jamais su comment il a fait pour la ramener jusqu'ici, peut-être l'avait-il cachée quelque part et qu'il l'a reprise ensuite…

Je trouvais l'histoire extraordinaire, mais j'imaginais sans peine que beaucoup de choses étranges pouvaient arriver dans une région en guerre. Emma écoutait le récit de Marie avec un intérêt non masqué. Elle ne put s'empêcher de la couper et de prendre la parole.

— Comment l'avez-vous appris ?

La vieille dame marque une pause et plonge son regard dans celui d'Emma. Ce qu'elle y trouve doit lui plaire, car elle lui répond. Je suis soulagée, je n'aurais pas voulu que Marie arrête son histoire maintenant.

— Peu de temps après notre mariage, j'ai retrouvé dans l'un de ses tiroirs, soigneusement rangés dans une enveloppe, plusieurs articles au sujet d'un riche entrepreneur qui avait été dévalisé par plusieurs personnes alors qu'il s'enfuyait vers la Suisse. Il avait eu la gorge tranchée. Sa femme qui était déjà arrivée à Genève expliqua qu'il avait dû être attaqué, car il transportait beaucoup d'or avec lui. À ce moment-là, mon mari et moi parlions encore. Je lui ai demandé pourquoi ces coupures de presse se trouvaient là et il m'a raconté toute l'histoire, mais ne m'a jamais avoué où il cachait le magot. Il ne mentait pas, l'argent affluait quand il fallait restaurer dans l'urgence le manoir. Mais je n'aurais pas pensé que tant d'années plus tard, il en resterait autant et que mes enfants se fâcheraient.

Emma reprend la parole. Elle n'est pas du tout impressionnée par ce qu'elle entend. Je la laisse faire, car, même si elle ne tient pas sa promesse, Marie ne semble pas si contrariée que cela et elle pose les mêmes questions que celles que j'ai en tête.

— Pourquoi n'avez-vous jamais cherché à retrouver cet or de son vivant ?

— Je ne me suis pas donné cette peine. En imaginant que je le trouve, qu'est-ce que j'aurais pu en faire ensuite ? Comment aurais-je fait pour le changer ? Je ne connaissais pas les individus avec qui il traitait, même si je sais qu'il existe des officines qui rachètent des Louis d'or. De plus, Gaston avait en tête le nombre exact de pièces contenues dans le coffre et il aurait massacré tout le monde pour attraper celui qui aurait osé lui prendre son argent. Personne dans la famille n'a souhaité s'y risquer. Mais revenons à notre histoire. Où en étais-je ?

— Vous me disiez que Jacques avait dérapé après avoir mis la main sur le magot…

— Ah oui ! En effet, mon fils a perdu les pédales ensuite. Il n'avait jamais accepté que, grâce à un beau mariage, sa sœur devienne plus riche que lui. Il trouvait injuste qu'elle ait touché une part de l'héritage alors qu'elle possédait déjà tout ce qu'elle voulait. Il a tout dilapidé en vivant nettement au-dessus de ses moyens et puis nous a demandé de l'argent. J'ai opposé une fin de non-recevoir et lui ai dit de se remettre à facturer des honoraires d'avocat et j'ai ordonné à Jeanne de lui tenir le même discours. Il n'était pas question que nous l'entretenions. Il n'a pas supporté que nous lui résistions. N'envisageant pas un instant de gagner sa vie en travaillant davantage, il n'a pas cherché longtemps avant de trouver une solution. Il a décidé de prendre de force l'argent qu'on lui refusait en faisant du chantage à René.

Je hoquette de surprise. Cette famille n'est vraiment pas de tout repos. Mais les choses s'éclairent petit à petit. Les pièces d'un puzzle se mettent en place. Je reprends la main et Emma me laisse faire.

— Avait-il de quoi lui extorquer de l'argent ?

— Je n'ai jamais avoué à mon fils que j'avais donné mon accord et contribué, même d'une façon modeste, au meurtre de mon mari. Ma fille n'a pas eu cette prudence. Elle a voulu se réconcilier avec son frère après leur dispute au moment de la découverte de l'or. Après l'enterrement de Gaston, elle a trop bu et lui a confié comment son père était mort, omettant juste, grâce à Dieu, de mentionner ma participation. Quel manque de jugement quand même ! Un an plus tard, Jacques avait dépensé le moindre sou de l'héritage et du magot, et sans argent, il a soutiré des fonds à son beau-frère jusqu'à sa propre disparition.

À cette évocation, Marie s'arrête un instant de parler et avale lentement quelques gorgées d'eau. Devant l'énormité des confidences, je prends le temps avant de poser la question qui me brûle les lèvres et dont je pense déjà connaître la réponse.

— Croyez-vous que René a tué votre fils pour que cesse le chantage ?

Marie ne semble pas surprise par mon interrogation.

— Je vous avoue que je me le suis demandé des centaines de fois. Je n'en ai pas l'absolue certitude. Jeanne m'a fait part de l'extorsion de fonds que subissait son mari et m'a suppliée d'intervenir à plusieurs reprises, de plus en plus désespérée au fil du temps, car Jacques les ruinait petit à petit. J'ai été faible. Comment aurais-je pu forcer mon fils à arrêter ? J'avais juste peur de le contrarier et de le perdre. J'ai préféré jouer à l'autruche. Mais tout s'est compliqué lorsque les demandes de Jacques sont devenues démesurées. A-t-il poussé René dans ces derniers retranchements ? Vous devriez voir cela avec Jeanne. Elle doit avoir son idée. Après... Mon fils possédait un tel don pour se mettre dans des situations impossibles et entretenir de mauvaises fréquentations qu'il s'agissait peut-être d'un règlement de compte avec quelqu'un d'autre...

Marie semble très fatiguée. La vieille dame parle de plus en plus doucement et très lentement. Elle a les traits tirés. Repenser à tous ces souvenirs la fait souffrir terriblement. Je sens qu'elle sait encore beaucoup de choses et je meurs d'envie qu'elle me les raconte, mais je prends pitié. Je lui propose d'en rester là pour aujourd'hui et de la revoir à un autre moment. Elle me sourit :
— Ne vous inquiétez pas, je vous raconterai tout la prochaine fois...
Nous reprenons rendez-vous deux jours plus tard. Marie propose à la plus grande joie d'Emma qu'elle revienne également.

38

Philippe s'explique

1992

Les vacances de Noël arrivent vite. Si Philippe est surpris lorsque sa mère lui apprend que je souhaite le rencontrer pour lui présenter Emma, il n'en montre rien. Le jeune homme ne connaît pas la véritable raison de ma visite. Sa mère a préféré ne rien lui dire. Pour les fêtes, il est rentré plusieurs jours à Nogent avec son ami, François d'Esclard. Nous nous retrouvons tous les cinq un soir autour d'un apéritif dînatoire. Si je n'ai jamais croisé Philippe, j'ai plaisir à revoir François. Je l'embrasse chaleureusement. Je n'arrive pas à deviner jusqu'à quel point François s'est fait manipuler de bonne foi par le fils d'Adeline. Je ne le saurai sans doute jamais, mais je donnerais cher pour apprendre quel rôle il a tenu exactement. A-t-il juste parlé d'une vieille amie romancière qui cherchait un moulin à restaurer dans la région et ensuite retransmis les consignes de Philippe sans connaître l'histoire de ce dernier dans la maison ? Ou était-il de connivence avec lui pour m'utiliser afin de résoudre le mystère de la disparition de son père ? J'aimerais tellement croire à son amitié.

Pour créer une ambiance conviviale, j'ai apporté deux bonnes bouteilles de champagne.

Nous nous asseyons dans le salon d'Adeline. Les deux jeunes hommes ont à cœur de mettre à l'aise Emma, qui joue avec brio son rôle de timide. Ils lui promettent de la sortir dans la région et de lui faire rencontrer un tas d'amis.

Nous levons nos coupes et je porte un toast au couple.

— Je souhaite vous remercier tous les deux, car grâce à vous, j'ai pu m'installer dans la région et restaurer l'endroit merveilleux qu'est le Moulin.

Philippe et François me sourient. Nous trinquons ensemble. Je lance la conversation.

— Avez-vous suivi mes aventures depuis que je me suis installée ?

— Non, pas vraiment.

— Depuis que je suis arrivée ici, les passions se déchaînent.

Le fils d'Adeline semble mal à l'aise et remue sur sa chaise.

— Comment cela ?

Je lui raconte dans le détail mes malheurs, sans prendre de précautions oratoires. Le jeune homme m'écoute attentivement sans dire un mot. Il est livide, difficile de savoir s'il est choqué par ce que je lui apprends ou parce qu'il m'a mise dans une situation difficile. J'avoue que cela ne me déplaît pas de le voir comme ça, car je n'aime pas me faire manipuler et les deux jeunes hommes m'ont utilisée. Emma, en revanche, s'inquiète :

— Vous vous sentez bien ? Je vous trouve très pâle. Voulez-vous un verre d'eau ?

Il déglutit péniblement.

— Non. Non. Je vais bien. Je suis très surpris que tant d'années après tous ces drames, vos recherches provoquent des réactions si passionnelles.

Je ne m'attendais pas à cela. Devant mon air interrogatif, il ajoute :

— Je me sens un peu coupable…

— Comment cela ?

Philippe hésite un moment et laisse le silence s'installer avant de reprendre la parole.

— J'ai eu des doutes sur l'identité génétique de mon père quand j'ai étudié l'hérédité au lycée. Mes parents avaient les yeux marron et j'ai les yeux bleus. Je ne ressemble pas du tout physiquement à mon père et ne possède pas grand-chose en commun avec lui. Peu de temps après, en fouillant dans des papiers que papa avait laissés dans des cartons stockés au grenier, je suis tombée sur les articles de presse concernant le scandale provoqué par l'adultère de maman. Là, j'ai compris que mon père biologique était Jacques de La Flandrière. Curieux, j'ai voulu savoir ce qu'il était devenu. Je n'osais pas en parler avec ma mère. J'ai alors consulté les archives des journaux locaux et j'ai appris que Jacques de La Flandrière avait disparu et que son corps n'avait jamais été retrouvé. J'étais très frustré par mes découvertes et ne possédais pas d'argent pour prendre un détective afin d'essayer de chercher de nouveaux indices. Impossible de faire rouvrir l'affaire.

Je me tourne vers Adeline qui a les larmes aux yeux. Elle murmure :

— Je suis désolée. J'aurais dû t'en parler, mais je ne savais pas comment aborder le sujet avec toi. Tu as dû m'en vouloir terriblement de t'avoir caché la vérité.

Philippe regarde avec tendresse sa mère. Il lui dit gentiment :

— Cela n'a pas dû être facile pour toi. Je ne t'en veux pas.

Il me regarda :

— Je ne trouvais pas bien que le Moulin reste à l'abandon. Mes parents avaient vécu dans cette maison avant de divorcer et il leur était arrivé pas mal de catastrophes. Je sentais que la clé de l'énigme se trouvait là, mais j'étais loin d'imaginer qu'on retrouverait le corps de Jacques de La Flandrière dans le puits. Un jour, François me raconte qu'une amie à lui, auteure de romans à suspense à succès, cherche à s'installer dans le Perche. Il me demande si je connais une maison à vendre dans les environs. Je pense immédiatement au Moulin.

Il me regarde :

— Pour moi, une romancière comme vous ne pouvait être qu'intéressée par l'histoire des lieux où elle allait vivre. François m'a confirmé que vous sembliez têtue et curieuse. L'occasion paraissait trop belle et j'ai convaincu François que le Moulin était l'endroit qu'il vous fallait.

François l'interrompit avec un air boudeur.

— Tu ne m'avais jamais parlé de tout cela et tu as oublié de me dire que tu voulais qu'elle résolve l'énigme de la mort de ton père...

Le fils d'Adeline choisit d'ignorer la remarque de son ami. Il reprit :

— Tout s'est déroulé exactement comme je le voulais. Vous avez rapidement cherché à comprendre ce qui s'était passé et vous êtes tombée sur ces enquêtes qui n'ont jamais abouti. Puis vous avez creusé. Je n'ai jamais pensé un instant qu'on vous menacerait ou qu'on s'attaquerait à vous. J'en suis désolé.

— Pourquoi moi ?

— J'étais décidé à tout mettre en œuvre pour connaître la vérité. J'attendais juste depuis des mois qu'une opportunité se présente. Il était important pour moi de savoir ce qui était arrivé à mon père biologique, mais je n'imaginais pas que ces affaires très anciennes soulèveraient tant de passions. Je me suis manifestement trompé et je suis incapable de vous aider, si vous voulez continuer à chercher...

— Rassurez-vous, je ne vais évidemment pas laisser tomber. Je n'ai pas fait toutes ces découvertes pour abandonner en cours de route. Cependant, je suis loin d'avoir trouvé toutes les réponses que j'attends. Il me reste encore beaucoup de points à éclaircir...

Nous partons sans nous attarder, certaines qu'Adeline et son fils ont désormais un tas de choses à partager sur Jacques.

39

Jeanne parle de René

1992

J'apprends avec tristesse le décès de Marie quelques jours après notre rencontre. Fragilisée par sa récente maladie, elle a rechuté et n'a pas résisté à une infection pulmonaire. Je me rends à son enterrement et, au cimetière, devant sa tombe, je me promets une chose, je vais écouter ses conseils et revoir Jeanne pour qu'elle me parle de René. J'espère ainsi obtenir des réponses.

Jeanne ne paraît pas vraiment surprise lorsque je l'appelle la semaine d'après pour lui proposer de venir à la maison découvrir mes plantations. Je suis sûre qu'elle s'attend à ce que je lui pose beaucoup de questions.

Elle accepte mon invitation et deux jours plus tard, par un beau soleil, nous parcourons tranquillement mon jardin toutes les deux. Elle me conseille et me donne les coordonnées de son jardinier qu'elle trouve extraordinaire. Je lui dis que je vais rencontrer cet homme qui saura mettre en valeur mes parterres de fleurs et mon potager. Je lui propose ensuite de prendre le thé et elle accepte complètement en confiance. Je lui demande si cela la dérange qu'Emma, ma jeune employée documentaliste passionnée par les orchidées, se joigne à nous, et elle accepte avec plaisir.

La jeune femme s'installe alors avec nous et nous entamons une conversation sur l'art de prendre soin des orchidées. Ensuite, je change de sujet et lui raconte mes deux entretiens avec sa mère et lui précise qu'Emma est dans la confidence. Elle essuie quelques larmes sans m'interrompre. Je termine par ce que Marie nous a avoué avant que nous ne la quittions :

— Elle pensait que René avait tué Jacques, mais n'en était pas certaine. La seule personne qui, à ses yeux, pouvait le savoir, c'était vous... Elle nous a conseillé de prendre contact avec vous...

Je laisse un moment à mon interlocutrice pour assimiler mes paroles. Elle ne me répond rien. Elle semble subjuguée par le fond de sa tasse. Impossible de deviner à quoi elle songe. J'ajoute :

— Je respecte donc sa volonté en vous expliquant tout cela...

— Je m'attendais à ce que vous me parliez de ma mère parce qu'elle m'avait dit qu'elle vous avait vues et que vous alliez me rencontrer à sa demande ensuite. Elle n'avait pas précisé pourquoi exactement et comme elle était très fatiguée, je n'avais pas cherché à en savoir davantage.

— Elle aurait tant voulu savoir...

— Moi, aussi, me répond Jeanne d'un ton triste. Je ne peux malheureusement pas vous donner satisfaction. Oui, je pense, tout comme ma mère, que mon mari a tué mon frère, mais, je n'en ai pas la preuve. Sinon je l'aurais dénoncé sans états d'âme. J'avais interdit formellement à René de s'en prendre physiquement à Jacques. Mon frère avait des défauts, mais il n'avait jamais rien fait contre moi avant cette histoire de chantage. En plus, comme je lui avais donné tous les éléments pour faire pression sur René, je me sentais coupable. Si je n'avais pas voulu me réconcilier avec mon frère, tout cela ne serait pas arrivé. J'ai essayé de calmer le jeu, mais

Jacques a réclamé plusieurs fois des sommes d'argent exorbitantes à mon mari qui était à bout. Mon frère surestimait complètement nos revenus. René m'a demandé à plusieurs reprises de lui dire d'arrêter, mais je savais que ma parole ne compterait pas pour lui. Nous lui avons donné une grosse partie de nos économies et mon mari réalisait qu'il allait devoir emprunter pour payer son maître-chanteur, ce qu'il n'arrivait pas à envisager. Or Jacques a disparu à ce moment-là. Je vous mentirais si je vous affirmais que je suis persuadée de l'innocence de mon mari. Lors des recherches, quelques jours plus tard, quand les gendarmes sont venus à la maison pour interroger les proches du disparu, René leur a expliqué qu'il s'était rendu à la foire toute la journée, puis leur a fourni des noms de personnes qui pouvaient témoigner de sa présence. Impossible de savoir quand il était précisément arrivé sur les lieux. Néanmoins, il ne fut plus jamais inquiété. Comme vous avez pu le constater, l'enquête ne permit que de découvrir sa voiture entre Dancé et Nogent, mais jamais son corps et il fallut attendre plus de vingt ans pour connaître les conditions dans lesquelles il était mort.

Emma, qui a tout écouté en silence, prend la parole :

— S'il l'a tué, cela signifie que plus aucune négociation ne semblait envisageable avec Jacques, ce dernier ayant la ferme intention de continuer son racket.

Je suis d'accord avec elle, comme d'habitude. Sa remarque ne semble pas déranger Jeanne.

— Oui, en effet, vous avez raison, mais je n'en sais rien. Mon mari ne serait pas passé à une solution aussi radicale sans tenter de le raisonner avant, mais il ne m'en a jamais parlé et je ne lui ai jamais rien demandé. Je ne voulais pas faire face, comprenez-vous ? Je ne voulais pas être mêlée à des représailles envers mon frère même si je désapprouvais son comportement. Quand il n'a plus donné de signes de vie, après le départ des gendarmes, j'ai fait une crise de nerfs. J'ai dit à René que cette disparition tombait à point nommé pour nos affaires et que, si, par hasard, j'apprenais qu'il y avait participé d'une manière ou d'une autre, je le dénoncerais. Je sentais que Jacques était mort. J'étais hors de moi. Il m'a laissée hurler et n'a pas cherché à me convaincre de son innocence. Ensuite, nous n'avons jamais plus abordé ce sujet et je n'ai jamais trouvé d'indice me permettant de le confondre.

40

Le rôle de René

1992

Quand mon téléphone sonne, je n'imagine pas un instant que je vais enfin obtenir les réponses à toutes mes questions. Lorsque je décroche, j'entends la voix d'Adeline. Rapidement, nous échangeons sur la soirée avec Philippe. Je m'excuse.

— Cela a dû être un choc terrible d'apprendre que votre fils connaissait la véritable identité de son père biologique alors que vous n'aviez jamais abordé le sujet ensemble.

— Oui, en effet. Mais nous avons beaucoup parlé ensuite et cela nous a rapprochés. Je suis soulagée de ne plus lui cacher la vérité. Je vous remercie, même si j'ai bien compris que vous n'avez pas provoqué tout cela volontairement.

— Je suis contente que vous ne m'en vouliez pas. Je ne sais pas quoi ajouter d'autre. J'attends donc qu'elle me donne la raison de son appel.

Adeline reprend la parole d'un ton un peu hésitant.

— Je n'ai pas été complètement honnête lorsque nous nous sommes vues. J'ai appris tellement de choses incroyables ces derniers temps que ce qu'elle m'avoue ne me surprend plus vraiment. Je suis juste curieuse d'entendre ce qu'elle a à me dire. Je feins d'être étonnée.

— Ah bon ?

— Oui, j'ai appris certaines choses que je ne suis pas censée savoir et je me suis bien gardée d'en parler à quiconque jusqu'à présent.

— Souhaitez-vous m'en parler maintenant ?

— Oui. Tous ces secrets me pèsent terriblement et du temps est passé… Je peux vous rendre ce service. Je dois être la seule personne désormais à détenir la vérité et si je ne vous explique pas tout, vous ne pourrez jamais résoudre vos énigmes. Pouvons-nous nous rencontrer ?

— Oui bien sûr.

Adeline n'a pas voulu qu'Emma vienne avec moi, car elle ne la connaît pas. Elle m'explique que ce qu'elle doit me dire est difficile pour elle et que la présence d'une inconnue, même si je lui fais confiance, ne l'aidera pas. Emma est déçue et m'a laissée partir à contrecœur. Une heure plus tard, j'entre dans sa boutique, seule.

Elle ferme la porte à clé derrière moi et me propose de monter au premier étage. À sa demande, je m'installe sur le bord de son canapé dans son petit salon. Elle arrive avec deux tasses de café chaud. Elle positionne une chaise en face de moi et s'assied. Elle me regarde attentivement, comme si elle doutait encore.

— Pouvez-vous me raconter ce que vous savez actuellement ?

Je choisis de tout lui dire. Je lui parle de mes visites à Jeanne et Marie, des aveux de François.

— Vous avez eu avec Jacques un enfant illégitime, Philippe. Charles, François et René s'en sont pris à vous et Steven pour des problèmes de terrains. Jacques a ensuite disparu. Lors de l'enquête, on a découvert que vous aviez entretenu une aventure avec lui et Steven a été suspecté de l'avoir tué par jalousie. La presse de l'époque en a largement parlé.

Vous avez divorcé. Le corps de votre amant a été retrouvé dans mon puits, vingt-deux ans plus tard. Voilà, je crois que je vous ai tout dit… Ah, non ! J'ai l'intime conviction que les morts de Gaston et de Jacques sont liées, même si je n'ai pas trouvé de quelle manière.

— Je me propose de vous donner ce lien…

Il me semble que mon cœur va s'arrêter de battre. Moi qui désespérais d'apprendre le fin mot de toutes ces histoires, je vais enfin connaître la vérité… Je ne réagis pas, ne voulant pas l'interrompre.

Adeline prend une longue inspiration et se met à parler à voix basse très rapidement, le regard fixé sur le fond de sa tasse à café.

— Jacques avait un niveau de vie très élevé que son héritage n'expliquait pas. Il ne travaillait presque jamais et avait investi ses économies dans l'appartement à Nogent-le-Rotrou. J'ai tenté de découvrir d'où venaient ses revenus. Sous le sceau du secret, il me confia tout d'abord qu'il avait trouvé un magot dans le manoir familial à la mort de son père. Petit à petit, il m'en raconta davantage. Il haïssait son beau-frère René qui, d'après lui, vivait comme un pacha et n'avait jamais voulu lui prêter de l'argent. Il était persuadé que sa sœur l'aurait bien aidé, mais que son mari s'y opposait. Il s'était promis de prendre sa revanche dès qu'il le pourrait. Il m'avait toujours dit que si un jour, il lui arrivait quelque chose, je devais aller chez lui récupérer des billets qu'il avait cachés avant que sa famille ne s'en charge. Je l'ai fait et cela m'a permis de rebondir lorsque Steven m'a quittée et est rentré en Angleterre. Je ne l'ai évidemment jamais raconté à la police. À l'époque, cela aurait fait de moi une coupable parfaite, j'imagine sans peine les gros titres : *Elle tue son amant pour toucher le pactole !* Je vous le dis maintenant parce qu'il y a prescription ! Et surtout parce que je ne me suis pas contentée de prendre les billets. Curieuse, j'ai fouillé dans son coffre-fort. Il contenait des pochettes avec un tas de papier. J'ai alors obtenu ma réponse. Il faisait chanter René.

Je l'interromps. Je réalise que la pièce du puzzle qui me manque se trouve devant moi. Mais avant, je veux m'assurer que j'ai bien compris.

— Comment ça ?

— René a tué Gaston. En tout cas, Jacques en était persuadé. Dans son coffre, j'ai trouvé une enveloppe. Il avait marqué dessus : *À n'ouvrir qu'en cas de décès*. À l'époque, il avait juste disparu, mais certaine qu'il lui était arrivé quelque chose de grave, je savais que je ne le reverrais jamais. Je le sentais au fond de moi. C'était irrationnel, mais c'était comme ça.

J'imaginais qu'il trafiquait quelque chose, je ne savais pas quoi exactement. Quand, en 1969, nous avons rencontré tous nos problèmes, j'ai reçu une lettre anonyme qui me mettait en garde contre Jacques et l'accusait d'être un maître chanteur. À l'époque, cela me paraissait insensé et je n'y ai pas cru. Jacques m'a donné l'impression de prendre tout cela à la légère. J'avais beaucoup de soucis à ce moment-là, je suis passée à autre chose. Je n'imaginais pas un seul instant qu'il était vraiment maître chanteur. Tout s'est éclairé quand j'ai lu le contenu de l'enveloppe.

Je veux qu'on revienne à l'essentiel.

— Qu'est-ce qu'il y avait dedans ?

— Tout d'abord une lettre à communiquer à la presse et à la police en cas de mort suspecte.

Je regarde mon interlocutrice d'un air interrogateur. Elle se justifie d'un ton un peu agressif.

— Je ne l'ai pas fait parce que nous ne savions pas encore de manière définitive ce que Jacques était devenu et de plus, je vous rappelle que je n'étais pas censée connaître l'existence de ce message…

— Je comprends, votre situation était des plus délicates. Que disait la missive ?

Elle se tourne vers un petit secrétaire et tire l'un des tiroirs. Elle fouille quelques secondes et me tend sans un mot la fameuse enveloppe. Je la prends et comprends qu'elle veut que je l'ouvre. Elle hésite.

— Lisez-la à haute voix.

J'obéis.

Cette lettre s'adresse aux personnes qui seraient chargées d'enquêter sur ma mort si elle était suspecte. Si tel était le cas, sachez que je ne suis pas mort accidentellement et que mon meurtrier s'appelle René Dutour, mon beau-frère, qui a déjà tué mon propre père avec la complicité de ma sœur. J'ai appris la vérité par cette dernière alors que mon père venait à peine d'être enterré. J'ai été atterré par ce parricide. Je ne pense pas que ma mère soit au courant. J'ai fait part de ma désapprobation à René et je lui ai demandé de se dénoncer. Je suis alors devenu une menace constante pour lui et je crains pour ma vie…

La lettre se termine par les formules d'usage que je ne lis pas tant je suis abasourdie par ce que je viens de découvrir, même si, avec un peu de recul, je dois bien admettre que tout semble logique. Mais cela ne s'arrête pas là. Adeline, imperturbable, continue :

— Je ne me suis pas contentée de ces explications. Pourquoi se serait-il trouvé en danger de mort ? Pourquoi avoir déclaré au meurtrier de son père son désaccord avec lui sans pour autant le dénoncer ? Il souhaitait se venger. Il me l'avait toujours dit. J'ai acquis à ce moment-là l'absolue certitude qu'il avait fait du chantage à René pour lui soutirer de l'argent et qu'il avait été trop gourmand. J'avais besoin d'une preuve. J'ai continué à chercher dans tous ses dossiers entassés dans son coffre-fort. Je suis alors tombée sur la lettre anonyme que j'avais reçue et qui me mettait en garde en l'accusant d'être un maître chanteur.

— Donc pour vous, René savait que vous entreteniez une liaison avec Jacques et avait décidé de lui faire peur en vous intimidant…

Et là, je comprends tout. J'ai comme une révélation. Je relie ce qu'elle me raconte et les mésaventures de son couple.

Je possède enfin l'explication tant recherchée. Comme je le pressentais, René n'avait pas de problème de terrains comme ses deux complices. Il se moquait pas mal de Steven Portman. Il voulait juste effrayer Jacques pour qu'il arrête de lui extorquer des fonds et comme il ne pouvait pas s'attaquer à lui directement puisque sa femme le lui interdisait, il s'en est pris au mari de sa maîtresse, prévenant cette dernière par ce message anonyme. Comme il avait besoin d'aide pour mener des représailles plus conséquentes face à l'inertie de Jacques, il avait alors fait croire à Charles et François que lui aussi avait envie que Steven Portman parte. Quel manipulateur !

— Je confirme ce que vous dites. Quelques jours avant qu'elle ne meure, j'ai discuté au téléphone avec Marie. Elle éprouvait la nécessité de se libérer de secrets qu'elle gardait depuis des années. Elle sentait qu'il ne lui restait plus longtemps à vivre et voulait s'en aller en paix. Elle m'a expliqué que René avait été la cause de tous mes problèmes et qu'il s'en était pris à moi et Steven uniquement pour que Jacques arrête de s'attaquer à lui.

Je suis un peu vexée. Ainsi, Marie ne m'a donc pas tout révélé. Ma tête doit être expressive, car Adeline ajoute :

— Elle ne vous en a pas fait part, car elle souhaitait en discuter avec moi avant. Elle est morte peu de temps après. Elle comptait vous en parler lorsque vous l'auriez revue.

— Comment l'a-t-elle appris ?

— Par Jeanne. Elles se racontaient tout.

Je cache mal ma surprise. Pourquoi Jeanne ne m'a-t-elle rien dit non plus ? En fait, ils savent tous beaucoup de choses, mais aucun d'entre eux ne m'a tout avoué. Il faut sans arrêt recouper les informations. Ils commencent à vraiment me fatiguer, mais j'irai au bout de toute cette histoire. Je choisis de ne pas réagir et l'incite du regard à continuer à se confier.

— Jeanne a fourni de plein gré à son frère toutes les informations lui permettant de faire du chantage à René. Elle se sentait terriblement coupable de la situation. Elle voulait que cela cesse, mais elle avait interdit à son mari de s'attaquer à Jacques. René lui avait alors demandé de lui trouver une solution. Jeanne connaissait tous les potins du coin. Elle connaissait évidemment ma liaison avec Jacques. Elle a suggéré à René de s'en prendre à moi, sa maîtresse, et donc à Steven. Elle lui a soufflé de détourner le ru, de me menacer... C'est encore elle qui lui a proposé de se rapprocher de Charles et François pour passer à l'étape supérieure constatant que Jacques persistait. C'est une maligne, Jeanne. Elle a bien manœuvré son homme. En revanche, je n'arrive pas à croire qu'elle ait voulu la mort de son frère. J'imagine plutôt que René a pris les choses en main au bout d'un moment sans rien lui dire voyant que sa méthode *douce* ne donnait pas les résultats escomptés.

Mon cœur bat à tout rompre.

— Pourquoi pensez-vous cela ? Savez-vous quelque chose ?

Adeline me regarde. Elle me jauge plus précisément. Elle se décide. Je lui semble digne de confiance alors elle se lance.

— Je vais vous avouer quelque chose d'étrange. Le monde est tout petit. Quinze ans après la disparition de Jacques, René a raconté une drôle d'histoire à un ami. Il se trouve que cet ami, dont je tairai le nom, était quelqu'un de très proche. Il m'a retracé cette discussion, car elle l'avait profondément troublé. Il ne souhaitait pas témoigner. À l'époque, nous étions très discrets, il était marié et René ne savait pas que nous nous connaissions intimement. Je comprends alors que l'individu auquel René s'était confié était l'amant d'Adeline !

Adeline redevient silencieuse. Elle hésite de nouveau.

— Ce n'est pas facile de vous expliquer tout cela, sans aucune preuve. Il ne s'agit que d'une conversation racontée par quelqu'un qui est maintenant mort.

— Comment cela s'est-il passé ?

— Les deux hommes étaient en relation d'affaires depuis des années. À force, un lien s'est établi entre eux. Ils aimaient les soirées arrosées autour d'un bon repas. Ils étaient en train de parler des enquêtes policières et de la police scientifique en particulier. Là, d'un seul coup, René lui a affirmé de manière très péremptoire, se vantant presque, que le crime parfait existe. Mon ami lui a répondu que bien souvent la vérité sort des années plus tard. René lui a rétorqué que ce n'est pas toujours le cas et qu'il peut lui en relater un. Curieux, mon ami se dit que son interlocuteur avait trop bu. Le mari de Jeanne ne se démonta pas. Il lui raconta qu'il avait eu connaissance d'une histoire incroyable et horrible. Je vais vous la détailler. Contrairement à René, je vous propose de mettre les vrais noms des protagonistes…

Je ne la contredis pas, évidemment.

41

La mort de Jacques

1970

Lorsqu'en octobre 1970, Jacques tenta pour la quatrième fois d'extorquer de l'argent à René, ce fut le racket de trop ! Deux jours plus tôt, le chef d'entreprise avait de nouveau été invité par l'avocat véreux au *Domaine de Villeray* à Sablons sur Huisne situé à une dizaine de kilomètres de Nogent-le-Rotrou.

Le châtelain s'était préparé à ce qu'il allait entendre lors du déjeuner. Il écouta son beau-frère, sans surprise, lui demander 75 000 francs.

Il eut alors un déclic et prit une décision fondamentale. Il exterminerait de manière définitive la menace que représentait cet homme. Cela signifiait accomplir un geste irrévocable, et ce, quelles que soient les conséquences pour lui. Il se sentait acculé.

Comment le stopper sans le tuer ? Il fallait que cela cesse, or il n'arrêterait jamais, il avait perdu tout espoir. Cette fois-ci, il avait dépassé les bornes. Hors de question de lui donner un centime ! C'était fini ! Il ne pouvait plus payer son maître chanteur. Ses économies avaient fondu avec les derniers versements. Il ne s'imaginait pas demander un crédit à la banque pour financer le train de vie de Jacques !

Un soir après un bon repas, il essaya de parler de la situation avec Jeanne.

— Ton frère m'a, à nouveau, contacté pour que nous lui donnions de l'argent. Comme l'autre fois, pour 75 000 francs.

La moue de sa femme montra bien à quel point elle était contrariée. Ils avaient dû revoir à la baisse leur train de vie depuis qu'ils étaient à la merci de Jacques. Son affaire ne marchait pas si bien que cela, car il avait perdu quelques gros contrats passés à la concurrence moins chère que lui. Elle ne sut pas quoi répondre. Elle choisit donc de se taire. René reprit alors la parole :

— Il va falloir qu'on trouve une solution pour que cela s'arrête, non ?

— Qu'as-tu en tête ?

Elle le regarda, méfiante, puis prenant conscience des implications de ce que lui disait son mari, lui cria à la figure presque hystérique :

— Je t'interdis de t'attaquer à lui, tu entends ? Tu ne le touches pas !

Lui aussi ne put s'empêcher de hurler. Il était à cran :

— Je veux bien, mais tu me proposes quoi ? On se laisse se faire plumer ? On prend un prêt pour financer le train de vie de Jacques ? On vend le château ?

La discussion en resta là. Jeanne se leva de table et alla s'enfermer dans la cuisine pour pleurer. Comme les autres fois où il avait dû payer, il avait tenté d'obtenir qu'elle use de son influence auprès de son frère ou de sa mère pour que tout cela cesse. Il avait vite réalisé qu'elle ne tenterait jamais rien de tel.

Irrationnelle dans ses propos, elle ne lui apportait aucune solution. Il allait donc devoir traiter le problème lui-même. Il devait rencontrer son maître chanteur dans le bois de

Croisilles situé entre Nogent et Dancé quatre jours plus tard, le temps de réunir l'argent. L'endroit était tranquille. Il fallait qu'il trouve un moyen de le tuer à ce moment-là. L'occasion était rêvée.

Il ne lui restait plus que quelques jours pour préparer son plan. Il décida de l'abattre au fusil, une méthode fiable et éprouvée. Personne ne ferait le rapprochement avec la mort de son père ou alors on conclurait à un malheureux hasard. En revanche, il ne voulait pas qu'on découvre le cadavre. Il avait eu de la chance en 1965 et ne voulait prendre aucun risque.

L'enquête allait être menée un peu plus sérieusement que la première. Jacques était encore jeune et connaissait du monde dans la gendarmerie puisqu'il était spécialisé dans le pénal. René craignait donc qu'une enquête un peu plus aboutie qu'à l'époque ne le démasque.

Il y avait plusieurs manières pour faire totalement disparaître un corps : l'ensevelir, le brûler... Mais une seule paraissait totalement sûre : le donner à manger aux cochons. Les cochons peuvent tout manger, même les os. La solution semblait parfaite. Une porcherie existait à quelques kilomètres du lieu du rendez-vous. Il faudrait qu'il s'y infiltre...

Le jour décisif arriva vite. Il avait garé sa voiture, un nouveau 4 × 4, une Chevrolet Blazer toute neuve, qu'il avait importée des États-Unis, son pays fétiche, de manière à ce qu'on ne le voie pas de la route. Tout de noir vêtu, il attendit Jacques, adossé contre le coffre ouvert de son véhicule. Son beau-frère arriva avec un quart d'heure de retard au rendez-vous, ce qui l'énerva encore plus. Il le regarda venir vers lui et lui laissa une dernière chance :

— Jacques, il s'agit de ta quatrième demande d'argent. J'ai décidé que, cette fois-ci, je ne te donnerai rien.

— Tu sais ce que cela signifie. Je vais te dénoncer à la police, et puis je leur parlerai aussi de ce que tu fais aux Portman. Il faut que tu arrêtes de t'en prendre à eux et d'envoyer des lettres anonymes stupides. J'ai bien compris que tu t'attaques à Adeline pour me faire peur, mais ça ne marche pas et surtout, cela m'énerve et donc ne me rend pas plus conciliant.

— Dans ce cas, j'expliquerai aussi que tu m'as extorqué de grosses sommes. Tu sais le drame que tu vas causer à ta sœur et ta mère ?

— Oui, je sais tout cela. Si tu dis que je te prenais de l'argent, je nierai. Cet argent je l'utilise au fur et à mesure, je n'en mets pas de côté. Je ne l'ai jamais déposé sur un compte bancaire. Tu ne pourras rien prouver sauf que tu tirais du liquide à certaines périodes, et puis tu ne sembles pas être dans la misère, dit-il en montrant la nouvelle voiture de René.

René sentit ses joues devenir cramoisies. Sa colère devenait de moins en moins contrôlable. Il n'allait certainement pas expliquer à cette vermine qu'il avait commandé cette voiture des mois auparavant, qu'il était passionné par les grosses voitures américaines et que s'il avait largement diminué ses dépenses et celles de sa femme – surtout celle de sa femme d'ailleurs, à l'origine de tous ses soucis – sur d'autres sujets, il n'avait pas voulu revenir sur l'achat de la voiture de ses rêves. Il fit mine de ne pas avoir entendu et continua :

— Ton niveau de vie…

— Mon niveau de vie a augmenté mécaniquement avec l'héritage. Il paraît difficile d'isoler ce que j'ai dépensé avec l'héritage et le reste.

Jacques sembla enfin réaliser ce que son beau-frère venait de lui annoncer. Il le fixa froidement droit dans les yeux :

— Tu es donc en train de me dire que tu n'as pas pris d'argent avec toi ?

René répondit fermement en soutenant son regard.

— Oui, en effet.

— Alors notre rendez-vous est clos. Je sais où je dois aller.

Jacques lui tourna le dos et se dirigea en prenant son temps, vers sa voiture garée à quelques mètres de là.

Le châtelain sentit alors que le moment était venu. Il mit des gants, sortit son arme de son coffre et visa son ennemi. Il tira sans hésiter.

Un peu nerveux, il rata son tir. La balle effleura l'épaule de Jacques et alla se figer dans un arbuste un peu plus loin.

Jacques se retourna vers lui avec une expression de surprise puis de douleur en se tenant l'épaule. Sans laisser le temps à sa victime de comprendre ce qui lui arrivait, il arma à nouveau son fusil et le visa une seconde fois. Il fut plus précis et le toucha à la tête. La balle traversa son crâne avant de ressortir de l'arrière de la tête pour finalement se loger dans la terre quelques mètres derrière lui. L'avocat s'effondra foudroyé. La mort avait été instantanée.

René ne perdit pas son calme. Il alla récupérer les cartouches sur le sol et dans l'arbuste. Puis traîna le corps pour le cacher dans un fossé un peu à l'écart avant d'effacer les marques de son passage. Il retourna à sa voiture, nettoya soigneusement son arme, mit un grand tablier, puis se saisit, dans son coffre, d'une hache imposante et bien aiguisée et de sacs-poubelle en plastique noirs très épais de taille importante.

Sans aucune hésitation, il repartit vers le cadavre et entreprit de le découper pour le faire rentrer dans les sacs plastiques. Cela prit un certain temps, car il dut s'y atteler à plusieurs reprises, mais René coupait régulièrement de grosses bûches et démembrer un corps ne lui posait pas de problème. De plus, il se trouvait dans un endroit désert où personne ne venait, il n'était pas pressé. Il voulait que tout soit sectionné avant que la rigidité cadavérique ne rende plus compliquée l'opération. Il allait devoir plier les jambes et les bras pour que les membres entrent dans les sacs. S'il attendait, cela ne serait plus possible. Sa sale besogne terminée, le meurtrier déposa dans un premier sac les jambes, dans un second les bras et dans un troisième le tronc et la tête. Il ferma hermétiquement le tout et les chargea dans son 4 × 4 en n'oubliant pas de disposer une bâche par-dessus pour les recouvrir.

Il se changea, rentra chez lui sans que sa femme le vît, car elle regardait la télévision, mit à brûler dans la cheminée de son bureau les vêtements et les gants, lava la hache, nettoya une nouvelle fois soigneusement l'arme, puis expliqua à Jeanne qu'il rejoignait ses amis pour jouer aux cartes. Il était 21 heures, un vendredi soir. Cela ne la surprit pas et elle avait arrêté de lui poser des questions sur les raisons de ses absences.

Il se rendit directement à la porcherie sans éprouver la moindre inquiétude. Quelques jours auparavant, René avait visité les lieux avec le propriétaire, célibataire et sans enfant, qu'il connaissait de longue date et, sachant qu'il adorait jouer, il l'avait invité à une partie de belote. Ce dernier avait accepté et René savait donc qu'il ne se trouverait pas chez lui. Très artisanale et de petite taille avec un peu moins de cent bêtes, la porcherie n'était pas bien sécurisée. Qui irait voler quelque chose dans un tel endroit ? Personne. L'éleveur n'avait donc pas choisi d'investir des sommes importantes pour tout fermer. De plus, il n'était pas situé tout à côté de la route ou de la ferme. Pas de risque de se faire surprendre.

Le meurtrier roula doucement sans phares. Il gara sa grosse voiture sombre derrière le bâtiment sous des arbres. Il mit une combinaison de protection, déchargea le sac-poubelle avec les jambes et donna son contenu aux cochons qui se ruèrent dessus.

Il n'avait pas prévu le bruit assourdissant qu'ils feraient. Les bêtes grognaient beaucoup plus fort qu'il se l'était imaginé. Il alla chercher ensuite le deuxième sac et lança les bras à un endroit différent. Ils voulaient que les cochons se répartissent dans l'enclos afin qu'ils soient plus nombreux à pouvoir accéder à ce repas inattendu et qu'ils aillent plus vite à le manger. Il s'arrêta là. Le bruit devait s'entendre de loin dans la nuit et cela l'inquiétait. Il prit peur et décida de trouver un autre moyen pour se débarrasser de la tête et du corps.

C'était trop risqué de demeurer là ou de revenir le lendemain. Il ne savait pas combien de temps cela allait prendre aux cochons pour tout manger et ne voulait pas qu'il y ait de restes.

Il resta sur place afin de s'assurer que les bêtes avaient bien dévoré tout ce qu'il leur avait donné. Les cochons mirent une trentaine de minutes pour tout finir, ce qui lui sembla très long. Cela lui donna le temps de réfléchir de ce qu'il convenait de faire de la dernière partie du cadavre. Il connaissait bien le moulin des Portman qui possédait un puits qu'ils n'utilisaient pas et qu'ils avaient même condamné. Il allait mettre ce qui restait de son ennemi dedans et personne ne regarderait là avant des décennies.

L'opportunité de passer à l'action se présenterait dès le lendemain matin, ce qui l'arrangeait, car il ne se voyait pas garder son sac-poubelle dans sa voiture plusieurs jours. Il se tenait une foire, ce jour-là, sur la place Saint-Pol à Nogent-le-Rotrou. Les Portman vendraient leurs produits et rencontreraient les autres fermiers comme tous les agriculteurs dans la région. Il profiterait de leur absence pour se débarrasser de son colis bien encombrant. Les habitants de la Pitancière, Les Laplace, se rendraient également à la fête, comme tout le monde depuis des années, il n'y avait pas de raison que cela change.

Il enleva sa combinaison, vérifia que ses habits n'étaient pas tachés. Il partit alors tout aussi discrètement qu'il était venu. Il stoppa son véhicule près d'une poubelle à quelques kilomètres de là et jeta dedans son vêtement de protection sale. Il se dirigea ensuite chez ses amis comme prévu.

Le lendemain, vers dix heures, il alla chez les Portman sans croiser personne. Comme il se l'était imaginé, ils se trouvaient tous à la foire. Il y passerait lui-même pour partager le verre de l'amitié après son arrêt au Moulin. La chance était avec lui. Avec ce temps sec, il ne laisserait pas de traces dans la cour avec son 4 × 4. La propriété ne possédait pas de vis-à-vis. Il enleva la grosse plaque qui avait été déposée sur le puits, jeta le reste du corps dedans, puis remit tout en ordre et repartit sans être vu.

Lorsqu'il leva son verre une heure plus tard, une sensation de bien-être l'envahit. Convaincu qu'il était tranquille et que ce meurtre, tout comme l'autre, ne serait jamais élucidé, il pouvait reprendre une vie tranquille…

42

Adeline conclut

1992

Adeline s'arrête de parler. Elle me regarde un peu perdue, comme si tout me raconter lui faisait prendre conscience de l'horreur de son récit. Elle tente alors de se justifier.

— Mon ami m'a répété cette discussion parce qu'il était persuadé que je n'arriverais pas à faire mon deuil de la disparition de Jacques sans un début d'explication.

— Pourquoi n'avez-vous pas cherché à vérifier l'histoire par vous-même ou demandé à ce que l'enquête soit rouverte ?

— D'une part parce que mon ami ne voulait pas de problèmes avec René et moi non plus. Je suis bien placée pour savoir de quoi il est capable. D'autre part, nous ne possédions aucune preuve. Il restait également la possibilité qu'il ait changé quelques détails dans son récit et que le cadavre ne se trouve pas dans le puits.

— Vous avez dû avoir un choc quand le corps de Jacques a été découvert.

— Vous n'imaginez pas à quel point, surtout quand on a remarqué qu'il lui manquait des membres. Tout se recoupait… Il ne nous avait pas menti, en tout cas sur ce que nous avons pu vérifier. Lorsqu'il a fini son histoire, il a ri comme s'il avait partagé une bonne plaisanterie. Il semblait content de lui, peut-être que partager son meurtre lui permettait de mettre en avant son génie. Cet homme était fou. Mon ami était horrifié et il a eu très peur, mais il n'a pas voulu le lui montrer. Il n'a jamais compris pourquoi René lui avait raconté cela. Je n'en ai jamais parlé jusqu'à aujourd'hui. René est mort maintenant. Il ne sera jamais jugé pour son crime. Je l'accepte et je vous demande de rester discrète sur notre conversation. J'imagine que dorénavant, vous avez trouvé votre idée de roman dans notre merveilleuse région, non ?

43

Édith rencontre Philippe

2012

Je quitte Adeline avec le sentiment d'avoir résolu le mystère de ces deux meurtres. Je n'y serais jamais arrivée sans les témoignages de Jeanne, Marie, Philippe, Adeline et les aveux de François Geandon qui m'ont permis de reconstituer cette histoire. L'aide d'Emma, qui a continué à travailler avec moi quelques années après cette aventure, a été également précieuse.

J'ai petit à petit développé des liens avec eux et ils m'ont donné leur confiance au fil des mois. J'ai tenu un journal de bord quotidiennement. Je l'ai ensuite remis en forme. À la fin de sa rédaction, je ne sais plus quoi en faire. Seule certitude, je ne vais pas m'inspirer de tout cela pour écrire un roman à suspense. Je suis trop impliquée à titre personnel dans cette enquête pour prendre ces faits à la légère.

Ce que j'ai découvert est monstrueux. Je ne peux m'empêcher de m'interroger : faut-il que je dénonce ces crimes qui restent impunis ? La réponse n'est pas aussi évidente qu'on pourrait le penser. Ces révélations pourraient détruire des familles sans que la justice soit rendue puisque la plupart des faits sont prescrits et leurs auteurs gisent dans des cimetières.

Comment les gens réagiraient-ils ? Difficile de vivre paisiblement à côté d'individus qui ont participé à des assassinats. N'y aurait-il pas alors un risque de vengeance personnelle ?

Je prends le temps de la réflexion. Je ne suis pas la seule à me poser des questions. J'ai également avoué la vérité à Jean. Ce dernier me dit qu'il gardera le silence, car les faits ne peuvent plus être jugés. Néanmoins, il souhaite que je ne dise à personne qu'il est dans la confidence.

Emma possède le même degré de connaissances que moi et elle s'interroge aussi sur la conduite à tenir. Nous en discutons pendant des heures, nous voulons prendre une décision commune et nous y tenir. Nous arrivons à un accord qui nous convient bien. Nous constatons que toutes les personnes concernées par ces deux affaires ont réussi à parfaitement bien vivre avec des secrets quand elles connaissaient la vérité ou, au contraire, à s'accommoder de leur ignorance sur les raisons de la disparition de leurs proches. Le seul à la recherche d'explications reste Philippe.

Si je m'étais installée dans le Perche, c'était grâce à Philippe. Le Moulin était devenu un endroit merveilleux et le fils d'Adeline avait fait en sorte que j'y emménage avec l'espoir secret que je lui donnerai la clé de cette énigme familiale qui lui pèse tant. Avec l'assentiment d'Emma, je choisis de lui donner satisfaction. Pour les autres protagonistes encore vivants et la police, nous décidons de ne pas aller les voir. Nous ne dirons rien.

Je propose au jeune homme de passer au Moulin lors d'un beau week-end ensoleillé du mois de mai 1993 où il passe quelques jours chez sa mère. Emma n'est pas avec nous, elle participe à une compétition d'équitation qui va lui prendre une bonne partie de la journée. J'ai choisi de revoir Philippe seul. Emma a trouvé que c'était préférable aussi.

Assis sous la véranda, au calme, nous parlons tout d'abord de tout et de rien et nous nous tutoyons rapidement. Je l'aime bien ce gamin au fond.

— Tu m'as invité pour une raison précise, n'est-ce pas ?

— En effet. Tu as tout fait pour que je m'installe ici, car à tes yeux, une auteure de livres à suspense semblait la meilleure personne pour t'aider à trouver qui avait bien pu tuer ton père.

— Oui, en effet.

— Je pense avoir trouvé les réponses à tes questions. Mais je ne suis pas sûre que cela te plaira. Jacques de La Flandrière est évidemment une victime puisqu'il a été froidement assassiné, mais il a également commis des actes répréhensibles. Si je te révèle le nom de son meurtrier, je devrais aussi te donner les mobiles qui l'ont poussé au crime et t'expliquer les agissements de ton père. Es-tu prêt à cela ?

Philippe semble avoir pris dix ans. Il sent que tout changera après, mais sa réponse fuse.

— J'attends ce moment depuis si longtemps, il n'est pas question que je renonce maintenant.

Je lui avoue alors dans le détail les raisons de la mort de son père. Il m'écoute sans m'interrompre, la bouche entrouverte, le regard incrédule. Il garde ensuite le silence un instant. Je ne parle pas non plus. Il lui faut assimiler tout ce que je viens de lui apprendre.

— Et ma mère sait tout cela depuis sept ans ? Comment a-t-elle fait pour ne pas réagir alors que le meurtrier de son amant vivait ? Cela a duré deux ans !

— Sans preuve, difficile de relancer l'enquête. Cela signifiait prendre le risque de se fâcher avec René, de blesser Jeanne et Marie qu'elle connaît bien pour une affaire de quinze ans d'âge sans être sûre que cela aboutira. Cela valait le coup d'y réfléchir à deux fois. Elle n'a peut-être pas voulu aussi que son adultère ressorte, que Jacques devienne un maître chanteur aux yeux de tous…

— Et tu vas prévenir la police ?

— Tu peux rendre publiques ou pas ces informations, mais pour ma part, je n'en parlerai qu'à toi. Cette histoire très vieille ne pourra pas être jugée. Je ne compte donc pas la dévoiler.

Je ne sais pas ce que Philippe pensa de mes révélations, ni à quel point elles l'ont l'affecté, en tout cas, à ma connaissance, il n'en parla à personne et nous n'aborderons jamais de nouveau ces affaires.

44

Fin de l'histoire

2012

Je n'ai jamais vraiment tranché. J'ai agi de la manière la plus lâche qu'il soit. J'ai écrit ce manuscrit qui n'est jamais sorti de mon tiroir et je laisse le soin et la responsabilité à la personne qui le trouvera de décider de ce qu'elle souhaite en faire. Le jeter, le publier dans son intégralité ou pas, comme une autobiographie ou un roman. Elle possédera certainement plus de recul que moi. Je suis trop impliquée et manque de détachement.

Je suis, pour ma part, contente d'avoir divulgué mon secret, même si ce n'est que sur un document qui ne sera peut-être jamais lu. Ma conscience s'en trouve considérablement allégée. La mémoire de ce que j'ai vécu existe quelque part.

J'ai respecté mon engagement de confidentialité envers Jeanne et Marie. J'en suis maintenant délivrée, car Jeanne est morte l'année dernière d'une crise cardiaque alors qu'elle cuisinait.

Après cette histoire, une vie paisible avait repris à Dancé. Toutes les personnes qui avaient été impliquées ou qui possédaient une part du secret avaient choisi comme moi de se taire et nous n'avions plus jamais discuté de tout cela. J'avais établi avec chacune d'entre elles un lien amical de qualité et je ressentais du plaisir à rencontrer de temps à autre le jeune Philippe, à parler de roses avec Jeanne, à déguster un café avec Adeline lorsque je fais mes courses à Nogent. En revanche, je n'ai pas revu François Geandon. Je n'ai pas d'affinités avec lui. J'ai connu dix-huit ans de bonheur avant que Jean ne me quitte, il y a deux ans, à l'âge de 87 ans.

Emma est restée avec moi pendant quelques années avant de partir prendre un poste plus en accord avec ses études dans la région de Dreux.

Nous sommes ensuite restées très proches jusqu'à présent.

45

Le choix de l'éditeur

2013

Pensif, Michel Lemand reposa le manuscrit qu'il venait de parcourir. Il prit le temps de le lire une seconde fois. Cette histoire paraissait tellement vraie. Plus il y réfléchissait et plus il sentait qu'Édith Delafond avait écrit quelque chose qui lui était réellement arrivé. Une vraie horreur. Tous ces crimes impunis, ces secrets… Il en avait la nausée.

Il essuya quelques gouttes de sueur sur son front. Devait-il informer les familles, si elles existaient bien, ou les autorités pour qu'elles enquêtent ? Devait-il respecter ce qu'il imaginait être le souhait de la romancière – et il la connaissait suffisamment pour ne pas se tromper –, celui de ne rien révéler et de publier ce document comme une œuvre de fiction et non comme une autobiographie ? Enfin, une autre question n'était pas à négliger : qu'est-ce qui ferait le plus vendre ?

La plupart des protagonistes étaient morts. Ne restaient en vie qu'Adeline, Philippe et François Geandon, tous au courant des faits sans en avoir parlé depuis dix ans. Restait aussi Emma Latour, mais elle souhaitait rester discrète.

Le manuscrit ne possédait pas de titre, il y avait juste *Journal de bord* d'indiqué sur la première page. Il hésita entre

Journal de Bord d'une romancière à la campagne – trop long –, *Crimes dans le Perche* – trop commun – ou *Le maître chanteur et le magot* qui ne lui plaisait pas davantage. Finalement, il choisit *Meurtre à Dancé*, qui lui semblait plus approprié. Il publia le livre comme un roman en changeant les noms des protagonistes, ce qui lui permit de ne prévenir personne et de s'éviter bien des problèmes...

Saint-Cloud, le 13 janvier 2015

Remerciements

Je tiens à remercier pour leur aide, leur patience, leur gentillesse et leurs idées, les personnes suivantes :

Martine M. , Gérald F., Christelle C., Antony F., Sylvie S., Jean-Pierre R., Jean-Daniel R., les membres du club de bridge de Nogent-le-Rotrou, Jean-Paul P., Fabrice et Aurélie M. et Emmanuel Curis.

Un grand merci également à Jeff M, Laeti et Julie F. qui ont participé activement à cette nouvelle édition du livre.

De la même auteure

Roman à suspense

Secrets de Famille
Répétition
Apparences Trompeuses
Une Rue si Tranquille (une enquête d'Emma Latour)

Nouvelles Historiques (Éditions de Borée)

Les grandes Affaires Criminelles des Yvelines
Les grandes Affaires Criminelles de l'Essonne (en collaboration avec Sylvain Larue)

Albums pour enfants (BoD)

Petite Lapinette est à l'heure à l'école
Petite Lapinette part en vacances

Pour contacter l'auteure

Site Internet : www.nathaliemichau.com
Instagram : www.instagram.com/michaunathalie/
Facebook : www.facebook.com/nathaliemichau78/
Email : nathalie@nathaliemichau.com
Blog : https://hautsetbasduneromanciere.home.blog/